죽기 싫어 떠난
30일간의 제주 이야기

죽기 싫어 떠난
30일간의 제주 이야기

임기헌 지음

커리어북스
CAREER BOOKS

살고 싶었다. 불혹의 나이에 접어들며 갑자기 찾아온 우울증에 이렇게 무너질 순 없었다. 의사 선생님과의 상담 치료와 약물도 점점 임계치를 드러내며 올라오는 감정선을 제어하기 힘들어질 무렵 스스로 길을 찾아야 했다. 술로 지새우든지, 수면제를 늘리든지 등의 방법도 그중 하나의 길이었다.

멀쩡히 살던 내가 이렇게까지 된 원인은 무엇이었을까? 우리나라 굴지의 경제 언론사에서 7년간의 직장생활. 그리고 갑작스러운 아버지의 부고로 고향에 엄마를 혼자 덩그러니 둘 수 없다는 생각으로 택한 귀향! 어쩌면 그때부터 감정의 골이 켜켜이 쌓여 왔는지도 모르겠다. 장사해보겠다며 3년 차에 접어든 돈가스 장사와 한 번의 결혼과 이혼도 앞선 감정의 고름에 불을 지핀 것만 같다.

장사를 시작하고부터는 집, 일터, 잠으로 이어지는 쳇바퀴의 연속이었다. 책을 읽지도, 글을 쓸 수도, 운동을 할 수도, 잠을 잘 수도 없던 시간이 휑하니 지나갔다. 어제 세상을 떠난 그 누군가에겐 너무나 소중했을 하루하루를 나는 이렇게 무기력하게 쓰다 버린 꼴이 되어버렸다.

그렇게 멍한 상태를 안고 나는 정신과를 찾아갔다.

의사　네, 어서 오세요. 반갑습니다. 어디가 안 좋으시죠?

나　글쎄요, 확실히는 모르겠는데 요즘 무기력해져서 어떤 일을 할 수도 잠을 잘 수도 없어요. 하루에 2시간 이상을 자 본 적이 없는 것 같아요.

의사　음…, 일단 테스트해봅시다. 400문항 정도 되는데 다 푸시는데 40여 분 정도 걸릴 테니까 한번 해보시죠.

그렇게 1시간 정도가 흘렀고 다시 선생님과 마주 앉았다.

의사　이름이 기헌 씨라고 했죠? 차트를 보시면, 우울증 지수가 상당히 높게 나왔어요.

나　아, 근데 선생님! 보통 사람도 이 정도의 스트레스는 가지고 살지 않나요?

의사   뭐, 그럴 수도 있는데 의학적으로 스트레스와 우울증은 조금 다르다고 할 수 있어요. 기헌 씨의 경우 보통 사람들에게 보기 힘들 정도로 우울증 지수가 높아요. 약물과 상담 치료를 병행할 만큼 높게 나왔습니다. 왜 이런 거죠? 최근에 무슨 큰일이 있었나요?

나   저도 잘…, 모르겠어요 근데 작년 말부터 이상 기운이 느껴지긴 했어요. 7년 전 아버지가 돌아가신 후 서울에서 멀쩡히 다니던 회사를 그만두고 고향으로 돌아왔는데 그 선택이 순전히 제 의도는 아니었어요. 서울서 직장 생활하며 조금 더 성장하고 싶었는데, 혼자 남겨진 어머니를 생각하니 그럴 엄두가 안 나더라고요. 그렇게 고향으로 돌아와서 장사를 시작했죠. 그리고 여차저차 와이프를 만나 결혼하게 됐고, 1년 만에 이혼하게 됐어요. 그때까지도 괜찮았어요. 아마 38살쯤 됐을 거예요. 아직 더 나은 미래가 있을 거란 희망과 믿음이 있었죠.
        그런데 마흔이 되니 뭔가 잘못되어 가고 있다는 걸 느꼈어요. 가까운 후배들까지 대부분 가정을 꾸리고,

어릴 때부터 제일 친하던 친구도 마흔이 되자 결혼을 했어요. 그즈음 다시 결혼을 생각하며 만나던 친구가 있었는데 서너 달 만에 헤어지게 됐고요. 아마 그때부터인 거 같아요. 사무침과 괴로움, 애정 결핍 등 동시에 몰아친 게 말이죠. 미래에 대한 자신감도 뚝 떨어졌죠. 점점 소외되는 기분이 들고, 가정을 꾸리고 저마다 인스타그램에 예쁜 사진을 올리며 행복하게 사는 선후배나 친구로부터 묘한 괴리감이 들기 시작했어요. '나는 왜 사는 게 이 모양일까?' 하며 말이죠. 어머니한테도 너무 죄송한 생각이 들더라고요. 그때부터 주위에 지인과의 만남도 피하게 되고, 술을 마셔도 슬프고, 먹고 난 뒤에 집에 오면 마주하는 텅 빈방 안도 지독한 공허함으로 다가왔어요. 그런 상황들이 몇 달째 흘렀고, 계속해서 나아지지 않아 여기까지 오게 됐습니다."

의사   그렇군요. 속 시원하게 말씀해주니 이해가 되네요. 잘 오셨어요, 근데 보니까 기헌 씨는 남보다 부족한 건 크게 없어 보이는데, 직장 생활도 근사한 데서 하셨고요. 갑자기 닥쳐온 주위 환경의 변화가 기헌 씨를 힘들게 했던 게 아닌가 싶어요. 그 상황에서 돌파구를 찾기 힘들었던 것 같고요. 오늘은 첫날이니까 이 정도 하고 제가 약이랑 생활 방식에 관해서 조금 말씀드릴게요.

　마지막에 선생님께서 손을 꽉 잡아 주신다. 무언의 위로일까? 눈물이 핑글 돈다. 살며 누군가에게 가슴 따뜻한 위로를 받아본 적이 있었나 싶다. 반대로 나는 상처받은 누군가에게 위로가 되어 준 적이 있었나도 싶다.

　며칠 전 뉴스에서 우리나라 우울증 환자가 100만 명을 기록하며 역대 최고치를 경신했다는 기사를 봤다. '마음의 병'인 우울증이 이 작은 땅덩어리에서 100만 명이나 되는 사람에게 조용히 선이뇌었다. 혼자 끙끙 앓다가 그 끝이 때론 '자살'로 귀결이 되니 뉴스에서 경각심 있게 보도되지 않나 싶다. 나 또한 별거 아닌 줄 알고 안고 살아왔던 치부를 드러내니 그런 생각이 든다. 하루하루가 기쁨으로 가득 찬 사람들이 주위를 단 한 번만 둘러봤으면 좋겠다고……. 투박해도 좋다.

가슴에 응어리지고 사는 누군가에게 따뜻한 말 한마디면 충분하다고 말이다.

그렇게 나는 잠시 쉼표를 찍고, 제주도행을 택했다. 급하게 짐을 싸고, 애월 앞바다에 한 달간 살 민박집을 얻었다. 때론 당당했고, 가끔은 비참하기도 했던 삶의 균열이 조금은 봉합되었으면 하는 마음으로 더 늦기 전에 떠날 준비를 했다. 계획은 단순했다. 밤낮으로 올레길과 오름들을 걷고, 카페에 들러 책을 읽고 글을 쓰며, 치유의 과정을 스스로 담아 보려는 것이다. 현지인과 정서적 교류도 많이 해보고, 토속적인 음식도 먹으며, 지역 커뮤니티에도 활발히 참여할 계획도 담았다.

마치 중년의 갱년기처럼 허한 마음을 달랠 길 없던 최근 1년을 흘려보낸 것만 같았다. 덧없는 사랑과 계속되는 이별, 그리고 큰 병과 사투를 벌였던 몇몇 지인과의 사별, 더불어 한 치의 오차 없이 반복되는 하루하루가 인간으로서 추구하고픈 최소한의 어떤 것을 마비시키는 것 같았다. 여전히 기억에 아프게 어려있는 죽어가던 누군가처럼 내게도 암 같은 큰 병이 찾아오지 말라는 법도 없다. 아버지가 돌아가신 후 계속해서 누적된 슬픔의 총량을 지탱할 힘도 이젠 소진된 듯했다.

부디 이 짧은 방황이 여생을 조금이나마 밝혀 줄 불쏘시개가 되길 바라는 마음으로 몇 권의 책과 카메라, 노트북만 챙긴 채 홀로 나는 제주도행 비행기에 몸을 싣는다.

Contents

✳

＊

✳

안녕 제주

1 Day

✳︎　　　　　　　오늘부터 30일간, 제주도의 힘을 등에 업고 우울증과의 전쟁을 종식하리라는 마음으로 가게를 비우고 제주도로 향한다. 끝날 줄 모르는 코로나 시국에 올해도 쳇바퀴 속을 맴돌다 40대에 목표했던 작은 계획들이 또다시 사장될 것 같아 조용히 비행기에 오른다(속내는 우울증으로 인한 도피성이라고 보는 게 맞겠다).

　나의 계획은 단순했다. 올레길과 오름들, 제주도 주변을 감싸고 있는 작은 섬들, 그리고 작은 어촌마을 등지를 뚜벅뚜벅 걸으며 최대한 사람과의 접촉이 제한된 곳에서 '책을 읽고-글을 쓰며' 저명한 작가의 속내를 들여다보는 것이었다. 많은 현인의 유작이 유배지에서 집필된 배경도 시대를 넘은 지금, 애월 앞바다의 작은 민박에 머물며 조용히 그 뜻을 이해해 보고 싶었다. 혼자 고즈넉한 시간을 만끽해보며, 상할 대로 상한 자존감도 가능한 한 제자리로 끌어올리고 싶은 마음도 가득했음은 물론이다.

또 일을 내팽개치고 우울증 치료까지 받는 아들이 이렇게 홀연히 어디론가 떠나는 게 못내 미운 건지, 잠시 잠깐의 떨어짐도 이젠 깊은 이별로 느껴지는지, 눈망울이 촉촉해진 엄마를 뒤로하고 온 것이 마음에 걸렸다.

안녕 제주

공항에서 수속을 마치고 나오니 'HELLO JEJU'라는 문구가 눈에 들어온다. 육지 사람에게 먼저 인사를 건네는 것 같아 반갑기 그지없다. 민박집으로 이동하기 위해선 버스를 두 번 갈아타야 했다. 잠시 여행 온 과거와는 다르게 한 달을 목표로 하다 보니 짐도 많아져 버렸다.

앞뒤로 가방을 둘러메고 한 손엔 캐리어를 끌며 우여곡절 끝에 민박집에 도착했다. 작고 아담했다. 무엇보다 어촌마을의 고즈넉함이 그대로 묻어났다. 창문을 열면 마주 보이는 바다가 육지에서는 상상할 수 없는 그 무언가의 느낌으로 다가왔다. 짐을 풀고 이제 첫날을 맞는다.

한 달간 살아갈 집의 빈 곳간을 채우려 집을 나섰다. 까만 애월 밤바다의 저 수평선 너머로 오징어 배들의 불빛이 밝게 수놓아져 있다. 잠시 기분이 들뜬다. '얼마 만의 밤바다야!' 하는 기분에 한참을 그렇게 걷다 마트에 들러 당장 필요한 물품과 반찬 몇 가지를 산다. 한 달을 살려니 필요한 것도 그에 상응하게 불어나는 느낌이다. 이래도 좋고, 저래도 좋다. 지금은 5월의 제주, 그리고 봄바람이 콧등을 스치는 밤바다를 걷고 있으니 말이다! 오늘은 일찍 잠을 청해야겠다. 들뜬 마음을 첫날에 모두 소진할 수는 없는 노릇이다. 가급적 잘게 쪼개 이 기분을 30일간 나누어 만끽할 작정이다.

오늘의 우울감은 최고치를 100으로 했을 때 80이다(우울감은 매일 느낀 주관적 감정을 수치로 치환해 매일 글 마지막에 기록할 예정이다). 마지막 30일째는 우울감 '0'을 목표로! 오늘

만큼은 설렘이 조급함과 두려움을 잠식해 버린 걸까? 약을 거르고 잠을 청할 생각이다. 다른 이유가 아닌, 만남과 이별로 공항을 가득 수놓은 사람들, 그리고 화기애애한 그들의 미소와 여유가 나와는 달라 보여 감정의 파고가 다소 높아졌으리란 위안을 삼아 본다.　　　○ ○ ○ ○ ○

"나의 눈물에 거짓은 없었다. 이별은 슬픈 것이니까. 그러나 졸업식 날 아무리 서럽게 우는 아이도 학교에 그냥 남아있고 싶어 우는 건 아니다."

박완서 선생님의 한 소설 속 내용이다. 나는 지난 6개월간 원인을 알 수 없는 슬픔에 잠식됐고, 약물과 상담 치료를 병행하며 하루하루 기근 하며 살아왔다. '그 슬픔의 기저에는 무엇이 있을까?' 하며 항상 자문했지만, 답을 찾지 못했다. 그래서 그 끝을 보고만 싶다. 슬픔의 바다에서 계속해서 허우적거리지 않고, 그 바다 밑바닥을 찾아 다시금 발로 박차고 수면 위로 올라오고 싶었다. 박완서 선생의 혜안을 빌려 제주에서의 첫날밤을 갈음한다.

작은 섬마을의
분교를 보며

*   5월의 시작을 제주도에서 맞는다. 아침 일찍 일어나 한참 글을 쓰다 애월 앞바다부터 해안가를 따라 하염없이 걸었다. 뚜벅뚜벅 걷다 잠시 예쁜 카페에 들러 책을 들여다보며, 제주에서 부는 바람의 질감을 농도 짙게 느껴본다. 내가 형언할 수 있는 그 어떤 표현으로도 구현할 수 없을 만큼 좋다. 5월의 시작을 제주에서 하다니!

그러다 작은 항구 앞을 지나 배 한 척을 발견했다. 〈비양도〉행이라고 적혀있다. 목적지가 없는 뚜벅이기에 망설임 없이 바로 배에 올라탔다. 이방인의 본분을 충실히 따르며 그렇게 비양도에 발을 내디딘다.

그야말로 때 묻지 않은 작은 섬이다. 화산 폭발로 붉거진 크고 작은 돌조각도 본연의 모습으로 잘 보존되어 있다. 연세 그윽한 해녀 어르신들이 물질하러 채비하시는 모습도 드문드문 보인다. 섬 한 바퀴를 둘러보다 폐교가 된 분교를 보았다. 아이들이 뛰어놀던 흔적과 놀이기구가 그대로 방치되어 있다. '이 작은 섬에서도 아이들의 꿈이 영글어 갔겠구나!' 하는 생각이 들었다.

섬마을 분교

때론 참 무책임하다. 이처럼 자본 시장에 따라 힘은 한쪽으로 치우치게 되는데 여기에서 학교도 예외는 아니다. 부모의 경제력에 따른 학군, 인구 비례에 따른 '규모의 경제'는 왜곡되기도 한다. 다닐 학교가 없어지고 결국 방치되는 섬마을 아이들의 꿈은 그 무엇으로 위로가 될까?

햇살에 실려 오는 바닷바람을 뒤로한 채, 막걸리 한 잔의 취기와 함께 심심한 고민을 안고 섬마을을 떠난다. 오늘 제주 바다를 비추는 햇살은 한없이 따뜻했고, 돌아온 민박에서 그 윽하게 바라보이는 노을은 생을 다한 어떤 생명의 붉은 눈물 처럼 슬퍼 보였다. 내 마음도 별반 다르지 않으리라! 노을의 눈물로 제주에서의 둘째 날을 갈음한다.

오늘의 우울감은 〈40〉이다. 눈부신 제주의 햇살 덕분 에……. ○ ○ ○ ○ ○

무대의 막이 내리면 어김없이 공허함에 빠져든다. 여행의 마지막, 사람들 간 마지막 만남, 바쁘게 치여 살아낸 하루의 마지막이 대개 그렇다. 기대감으로 가득 찼다 공허함에 잠식된다. 일요일 밤 재미 가득한 TV 프로그램이 끝나고, 고요한 밤하늘을 바라보며 별 헤아리는 허공의 감정 같은 것이다. 따뜻했던 봄의 시간도 이런 공허함처럼 이제 그 생명력을 다해간다.

그러다 어느 순간 눈 뜬 새벽에 홀로 있는 시간은 또다시 공허해진다. 부자도, 가난한 이도, 크리스마스를 기다리는 사람도, 사랑하는 사람과 결혼을 앞둔 이도, 그것은 마치 어느 걸로도 충족될 수 없는 인간의 숙명과도 같은 감정이다. 이제 논은 무르익었고 수확을 기다리는 것과 같은 기대감으로 나는 또 감정을 어루만진다. 비 오는 날은 술 한 잔, 햇살 좋은 날엔 책을 들여다보고 글을 쓰며 누군가와 다시 사랑할 수 있는 여지를 둔 채, 공허함 따윈 비집고 들어올 틈이 없도록…….

수 억 년 전
제주에서는

3 Day

*   송악산을 찾았다. 내가 머무는 곳과 정반대에 위치해 있어 버스를 세 번이나 갈아탄다. 버스에서 창밖으로 내려다보이는 바다의 절경이나 야자수의 푸르름에 지루할 틈도 없이 도착한다.

송악산

송악산도 물론 화산 폭발로 생겨난 분화구가 한편에 자리 잡고, 바다를 낀 외곽을 돌며 산 한

바퀴를 트레킹 할 수 있었다. 다소 평이한 터라 여기저기 가족단위의 관광객이 많이 보였다.

하늘과 바다가 정확히 맞닿은 저 수평선 끝 어딘가에 머물며 오늘도 햇살은 바닷가를 따스히 비추어 제 역할을 다한다. 바다 물결에 반사된 빛과 거센 바닷바람이 눈시울을 묽게 만들었다. 수억 년간 파도와 맞서 싸우며 깎인 '절리'의 태생은 어떠했을까? 하늘에서 당 시대를 살아간 그 누군가는 과학적 근거로 추측하는 우리를 내려다보며 같잖아할지 모르겠다. "제주도의 태생은 너희가 추측하는 그런 게 아니야!" 하며 혀를 찰지 모를 일이다.

역사가 전해주는 산물에 오늘도 한수 배우고 돌아간다. 해녀들의 힘찬 숨비 소리, 햇살, 바람, 바다, 그리고 멋들어지게 깎인 제주도의 산물 절리에 감사함을 표한다.

오늘의 우울감은 〈50〉이다. 장엄한 송악산의 절경이 슬픔의 반을 상쇄해주었다. ◉ ◉ ◉ ○ ○

오가는 사람들 저마다 휴대폰을 보거나 사진을 찍느라 분주하다. 무수한 사진을 찍어 개중 한 장을 건져 SNS에 대표 사진으로 내세우거나, 아는 지인에게 전송하며 현재의 기분을 뽐내기도 한다. 스마트폰이 이토록 발달하기 전 우리는 어떤 모습이었을까? 기억조차도 멀어진 역사처럼 까마득하다.

새벽시간을 지나고 있다. 버릇처럼 SNS를 훑는다. 온라인 친구는 수천 명을 넘어가지만 연락하는 사람은 한두 명 밖에 없다는 아이러니가 묘한 기분에 잠식되게 만든다. 상처가 그득한 사람, 혹은 오늘도 가족과 혹은 연인과 오손도손 행복한 사람, 동일하게 하루가 주어지는 그들에게 오늘은 어떤 의미였을까? 나는 이토록 공허한데 말이다. 오늘도 참 긴 밤이 될 것 같은데. 빈틈없이 행복한 사람의 하루는 어떠할까 싶다. 허락한다면 그들의 하루 중 작은 한 줌을 덜어 잠시 잠깐 행복의 의미를 느껴보고도 싶은 밤이다.

새별오름에
오르다

＊ 처음엔 제주도에 360여 개의 오름이 있다는 것에 놀랐다. 40%는 개인 사유지라는 것에 또 한 번 놀라며 새별오름을 향해 아침 일찍 출발했다. 거리가 꽤 있어 먼저 점심을 먹을 겸 패스트푸드를 사 들고 영화를 한 편 봤다. 강하늘과 천우희 주연의 〈비와 당신의 이야기〉. 알 수 없는 기다림과 운명에 관해 잔잔한 울림을 주는 영화다. 필경 운명일 것 같은, 혹은 운명일지 모른다는 착각과 혼돈 속에서 살아왔고, 살아가는 우리네 관계의 해답은 무엇일까? 답을 찾아가는 과정이 우리 운명을 담보할 순 있는 걸까?

참 어렵다. 사소한 말 한마디에 운명일지도 모르는 상대와 이별하기도 하고, 지나가다 스친 옷깃 하나로 발단이 되어 평생을 함께하기도 한다. 삶은 그래서 깃털처럼 가볍기도 하고 거대한 바위가 짓누르는 듯 힘겹기도 하다. 영화의 여운을 뒤로한 채, 한 시간여 버스를 타고 새별오름 입구에 도착했다.

새별오름

컴퓨터 WINDOWS의 배경화면이랄까? 장엄하면서도 근사한 언덕 형태의 산이 눈앞에 펼쳐진다. 산 능선 위로는 사람이 빼곡히 걷는듯한 모습도 어렴풋이 보인다. 뚜벅뚜벅 걸으며 나도 새별오름을 오르기 시작했다. '뭐 별로 오를 것도 없네!'하며 시작했던 완만하던 경사가 중간쯤부터는 급격히 기울어졌다. 거짓말을 조금 보태서 기어올랐다고 할 수 있을 지경이다.

그렇게 30여 분쯤 지나 정상에 오르니 강풍과 함께 탁 트인 제주 전경이 눈앞에 나타났다. 정상을 가득 메운 관광객은 저마다 사진을 남기려 바빠 보였다. 한 커플이 다가와 말을 건넨다. "저기, 사진 한 장 부탁드려도 될까요?" 나는 '왜 하필 나한테?' 하며 뾰로통했지만, 겉으로는 "아, 네!" 하며 저쪽 멋들어진 배경 앞에 서라고 했다. 이왕이면 최고의 한 장을 남겨주려 여러 각도로 찍은 뒤 카메라를 다시 건넸다. 그러자 그들은 또 말한다. "그쪽도 사진 찍어드릴게요!" 나는 손사래 치며 "감사하지만, 괜찮습니다." 하고 자리를 급하게 떴다.

수많은 커플이 결국 이렇게 내 마음을 또 움찔하게 만든다. 나도 참… 새까맣게 잊고 있던 과거의 누군가가 또 가슴 저 깊은 곳에서부터 스멀스멀 기어 나오는 기분이다. 다 좋았는데. 결국 아무것도 못 한 채 마음을 누르며 다시 집으로 발걸음을 재촉한다.

오늘의 우울감은 〈80〉이다. 사람 사이를 비집고 다니는 내 처지가 나를 더욱 쪼그라들게 만들었다. ⚪⚪⚪⚪⚪

가끔 그런 생각이 든다. 누구나 가슴에 애잔한 기억 하나쯤은 품고 있지 않을까? 과거 애월리 마을에서의 기억이 그러했고, 때마침 가수 규현이 '애월리'라는 제목으로 음반을 발표해 그 기억의 깊이는 더해졌다.

제주도에 온 지 4일 차. 해가 떠 있을 땐 우울증을 떨쳐내려 뚜벅뚜벅 걷고, 해가 지면 글을 써 내려갔다. 약의 힘을 빌리지 않으려 최대한 계획적으로 생활하려고 노력한다(확실컨대, 우울의 순기능도 분명 존재한다). 바삐 움직인 요 며칠간에 대한 보상으로 오늘은 기어코 잠시 쉼을 가지려 애월리 마을을 찾았다.

사뭇 달라진 작은 어촌 마을을 구석구석 둘러보며, 뛰어놀던 바닷가 아이들과 잠시 이야기도 나눠본다.

나　　　몇 살이야?

아이　　10살이요!

나	학교는 다녀왔어?
아이	네!
나	학교 마치면 뭐해?
아이	그냥…, 모르겠어요.

그런 것 같다. 괭이부리마을 아이들처럼, 이 아이들의 세계관도 이곳이 전부이진 않을까?

이곳은 예나 지금이나 저 수평선 너머의 작은 고깃배가 내게만 전해주는 듯한 위로가 사려 깊다. 오늘도 저 멀리서부터 여울이 져 온다. 작은 카페에서 책을 읽으며 마시는 차 한잔의 울림과 노을 지는 파도 소리가 묘하게 어우러진다.

또닥또닥,
빗소리를 들으며

＊　　　　　　　　　　　빗소리를 어떻게 묘사하면 감성적으로 더 자극이 될까? '주룩주룩', '방울방울', '또닥또닥' 등등. 비의 굵기에 따라 다양한 의성어, 또는 의태어로 표현이 된다. 제주 하늘에 비가 제법 내린다.

또닥또닥

오전엔 '또닥또닥' 내리다 해가 저물어 가는 지금은 '주룩주룩' 내리고 있다. 휴대폰에서 흘러나오는 잔잔한 뉴에이지 풍의 음악과 지면에 마주치는 빗방울 소리, 그리고 바다로부터 전해오는 강한 바람이 조화로운 하모니를 꾸려 전파된다.

종일 내리는 비를 보며 '영원'에 관한 생각이 든다. 비는 우주의 빅뱅이 일어나 지구가 태생할 때에도, 그리고 지금도 변함없이 대지를 적시며 내린다. 그리고 앞으로도 영원히 그럴 것이다. 그런 영원의 속삭임은 관계에서도 이따금씩 기지개를 켠다. 막 시작한 연인 간 "사랑해, 영원히!"란 이 말. 그리고 친구 간의 우정도 매한가지다. 얼큰한 감정에 취해 가끔 우리는 영원하자는 도원결의(桃園結義) 식 의리를 다짐한다. 결과는 뻔하지만. 사람은 어릴 적부터 왜 '영원'이란 것에 집착할까? 아마도 불확실한 미래에 대한 담보의 성격이 강하지 않을까 싶다. 사랑이건, 우정이건, 상대가 어디 달아날까 싶어 영원이란 단어에 보증해놓고 싶은 모양이다. '우리 영원히 함께하자!' 참 정갈하며 아름다운 문장이다. 속내를 들여다보면 형편없지만. 이쯤 되니 묻고 싶다. 영원을 약속한 당신들, 그 약속이 보란 듯 잘 지켜내고 있는지…….

누군가를 만나며 맹세코 영원이란 단어를 써보지 않았던

것 같다. 연인에게 사랑을 표현할 때에도 "많이 많이 사랑해!" 정도가 내가 할 수 있는 최선의 표현이다. 그 기저에는 '헤어지기 전까지!'라는 전제가 포함된다. 그리고 그 약속을 여태껏 잘 지켜내고 있다. '헤어지기 전까지!', 나는 최선을 다해 사랑했다. 영원을 담보한다면 헤어지고 나서도 사랑해야 하는데, 그렇게까지 멍청한 단어로 상대를 농락하지 않았다(단, 엄마는 예외다. 엄마에게는 매번 영원히 사랑한다며 말한다).

옛날 옛적에 신이 인간 세상에 내려와 돌과 동물에게 선택의 기회를 줬다. 하나는 임신할 수는 없지만 영생(Unlimited)의 삶을 주겠다 하고, 또 하나는 종족 번식을 위한 임신능력을 주되, 유한한(Limited) 삶을 주겠다고 했다. 선택의 기로에서 돌은 영생의 삶을 택했고, 동물은 아이가 너무 갖고 싶어 유한한 삶을 택했다. 그래서 지금 사는 세상에 허울뿐인 영원을 바라는 인간이 판치는 게 아닌가도 싶다. 죄다 영원을 바라지만 그럴 수 없는, 어찌 보면 돌보다 못한 삶을 살고 있다.

과거에 만나던 친구가 물었다. "오빠는 다음 세상에 무엇으로 태어나고 싶어?" 나는 그런다. "너 심장!" 그 친구는 그런다. "나는 돌로 태어나고 싶다." 그 의미를 이제야 찬찬히 곱씹는다.

오늘의 우울감은 〈80〉이다. 갑작스럽게 내리는 비가 감정의 파고를 헤집는다. 약을 한 알 먹어야겠다.　　◎ ◎ ◎ ◎ ○

가끔 낮술을 즐긴다. 어두워진 밤을 배경으로 마시는 술의 느낌과는 다른 기분이 들어서다. 술은 양날의 검과 같다. 때론 취기를 빌려 못다 한 말을 자신 있게 표현하고, 반대로 취기 어린 빈말에 뭇매를 맞기도 한다. 그 사이의 적절한 기준으로 이성을 유지하는 것이 마시는 사람의 책무이기도 하다.

배추전과 막걸리를 사러 시장 마실을 배회하던 중 하늘에 희미하게 보이는 낮별(Daystar). 동틀 녘 수많은 밤의 별과 어우러져 함께 사라지지 못하고 한낮에도 우주 귀퉁이에 머뭇거리며 아늑히 우리를 비추는 외로운 별이다. 해의 빛이 반사되어 잘 보이진 않지만, 언제나 그 자리에서 빛나는 낮별은 어느 착한 사람의 마음과도 같아 보인다. 누굴 잊지 못해 그곳에 서성이고 있는 걸까? 거대한 지구의 작은 먼지보다 훨씬 미세한 점 같은 존재로 살아가는 내 삶이 우주에 버려진 낮별과 별반 다르지 않아 보인다. 어떤 언어로 설명이 될까? 오늘은 외로운 막걸리 한잔의 언어로 설명이 될 수 있겠다.

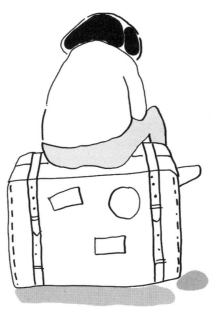

20km,
길섶에서

6 Day

＊　　　　　　　　혼자 있는 시간이 좋다. 올해로
내 나이 마흔이 되면서부터다. 그렇다고 사람을 만나고, 어딘
가에 휩싸이는 걸 싫어하지는 않는다. 올해 초 우울증 치료를
받으면서부터 자존감이 쪼그라들다 보니, 점점 사회성과 간
극을 두려는 경향이 짙어지고 있다.

　오늘은 계곡과 바다가 만나는 쇠소깍에서 출발해 마음먹
고 20km가량을 걸으려 한다. 걷는다는 건 어떤 의미일까?
차를 타고 특정 목적지에 이동해 그곳만 둘러보는 것과는 분
명한 차이가 있다. 마치 내가 산 정상을 향해 힘들게 오를 땐
보지 못한 꽃을 내려올 때 발견하는 것처럼 말이다. 스쳐 지

나갈 뻔한 소소하며 정겨운 광경을 담을 수 있다.

쇠소깍

　　　　　　　슬로비디오처럼 지나가는 광경 속을 거닐며 존재에 대해서 생각한다. 40년을 살며 전 세계에 이름을 떨친 비틀스의 존 레넌, 매카시즘(McCarthyism) 광풍 속에서도 결국 아카데미상을 수상하며 역경을 이겨낸 채플린 등 죽은 예술가의 삶을 조명해 보면 내 삶은 얼마나 보잘것없는지 괜한 자괴감에 빠지기도 한다. 사회가 너무 시스템화되어 있고 대학 안 간 사람은 찾아볼 수 없을 정도로 고도로 평준화되어 지금 시대에 뭔가 특출난 걸 바라는 것도 어려워졌다. 제 잘난 맛에 사느라 사회적 영웅의 등장도 별로 달갑지 않다.

폰 하나로 많은 팔로워를 보유한 이가 세상을 호령하는 지금의 시대에 염증이 난다. 먹신이 들린 듯 음식을 먹어대고, 호화스러운 사치를 한다. 그들이 유명세를 타고 때론 여론을 이끌며 호도하기도 하니 문화 강성을 그토록 주창했던 김구 선생이 놀라워도 하겠다. 선생이 바랬던 문화강국은 이런 해괴한 이들이 판치는 나라는 아니었을게다. 불행한 건 현재도 진행형이며 남몰래 조용히 노력하는 이는 갈수록 퇴보하는 느낌을 지울 수 없다는 것이다. 기술의 왜곡된 진보가 죽은, 혹은 죽어가는 예술가를 영원히 병들게 만든다. 이런 인생으론 열심히 살아온 누군가의 자서전도 '먹방'에 묻힐 것 같다.

목적지인 서귀포 이중섭 선생의 거리에 당도했다. 클래식하고 잔잔한 내음이 거리를 감싼다. 선생이 추구했던 문화의 힘에 작은 위로를 받아간다. 선생이 문화강국을 염원하며 과거에 그린 세상이 지금의 세상을 담지 못하는 것 같아 슬픈 마음도 함께 든다. 한국전쟁을 거치며, 아내와 아이를 떠나보내고 고독한 생활을 이어갔던 선생의 아픔에 비하면 지금 내 처지는 호화스럽기까지 하다. 경외의 마음을 담는다.

오늘의 우울감은 〈60〉이다. 좀처럼 감정이 편안해지지 않는다. 자연에서조차 상대적 박탈감을 느끼며 무기력해지는 속내를 숨길 길이 없다. 조금 더 차분해지려고 연습해야겠다.

○ ○ ○ ○ ○

어느샌가 자존감이 저하된 기분이다. 자존감이 도대체 뭘까? 근본적인 의문이 생긴다. 사전적 정의가 아닌, 피부로 와 닿는 해석 말이다. 아마도 자존감은, 내가 나를 얼마나 사랑하느냐의 정도로 정의하면 어떨까 싶다. 내가 나를 보듬고 사랑하질 못하니 마음의 병이 누적되고 타인에게도 점점 배타적 성향이 강해지는 것 같다. 어떤 수식어도 나를 대변하지 못하는 것 같은 억울함에 휩싸이기도 하고, 괜히 남 잘되는 모습은 배가 아프기도 하다. 참 못됐다. 나란 사람!

얼마 전 어릴 적부터 가장 친하게 지낸 친구가 결혼했다. 속도위반으로 인한 결혼이라 적절한 나이에 단번에 아이와 정상적인 가정을 모두 가지게 되었으니 상대적 박탈감이 들 만하다. 이혼한 내 처지와 계속 비교가 되니 속으로는 달갑지 않다. 그런 친구는 내 마음도 모르고 축시를 부탁했다. 나는 경험을 빗대어 축시에 이렇게 적어 건넸다.

아내에겐 우공이산(愚公移山)의 정성 어린 마음으로, 곧 태어날 예쁜 딸에겐 줄탁동시(啐啄同時)하는 인내의 마음으로, 있는 그대로의 가치 있는 너 자신의 삶은 상선약수(上善若水)의 깊은 마음으로, 이 세 가지의 마음을 담아 의미 있는 가정을 일궈나가길 바란다. 더불어 우리 아버지 돌아가시기 전 자주 병원을 찾아 말동무가 되어주던 네 모습, 장례식장에서 3일 내내 곁을 지켜주던 네 모습, 깊은 슬픔에 잠식된 나에게 조용히 다가와 술 한잔 건네던 네 모습, 내가 뭔가를 이뤘을 때 마치 자신의 일처럼 기뻐하며 나를 치켜세워주던 네 모습, 내 삶 모든 희로애락의 근저엔 항상 네가 있었다고……. 그런 너의 새 출발을 진심으로 축복한다고……. 내 마음을 담은 걸까? 그게 아니라면 참 친구한테 마저도 나는 나쁜 사람이다.

숲, 나무, 바람

7 Day

✻　　　　　　　　유년 시절부터 좋아한 모 연예인
이 있다. 그의 노래 테이프, 과거 드라마, 영화도 빠짐없이 다
챙겨 본 기억이 난다. 그런 그도 어느덧 중년이 되었고, 어느
TV 프로그램에서 돌아가신 어머니를 생각하며 연신 눈물을
훔치는 모습을 보였다. 지금의 내 모습과 앞으로의 내 모습
이 오버랩된다. 그는 어딘가에 무성하게 존재하는 종려나무
숲을 좋아했고, 나는 7년 전 아버지가 돌아가신 뒤 혼자 찾은
제주도의 사려니 숲을 좋아한다. 그리고 오늘, 나는 다시 사
려니 숲을 찾았다. 그 당시와 다른 점이라면 얼굴에 주름이
조금 늘었고 세상을 지나치게 객관적으로 바라보는 부정적

인 연민 의식이 강해졌다는 정도일 것이다.

사려니 숲

사려니 숲은 제주도의 허파처럼 살아 숨 쉬며 존재를 뽐내는 듯 보였다. 삼나무는 그 높이와 수를 헤아릴 수 없을 만큼 무성하게 자리해있고, 간간이 흐르는 하천과 하천을 품은 숲 언저리는 마치 영화 '아바타'에 등장하는 장엄한 계곡의 그것과도 비견할만했다. 사려니 숲의 길이는 붉은오름 입구에서 물찻오름 입구로 종단했을 경우 약 10km 정도이다. 어제 잠을 설친 탓에 컨디션이 좋지 않아 중간지점쯤 당도했을 때 되돌아갈지, 혹은 계속 갈지 고민됐다. 내가 지나온 길은 어느 정도 시간이 소요됐고, 방금 지나온 터라 길의 험함 정도도 잘 알고 있어 다시 되돌아가고픈 유혹에 사로잡혔다. 반대로 남은 길은 행여나 '험하거나 경사진 곳이 많으면 어떡하지?' 하는 기우가 들었다.

인생의 딱 절반을 살아온 내 처지가 반추되어 보이며. 잘 살아온 건지, 내가 살아온 삶의 흔적이 누군가의 삶에 상흔을 입히진 않았는지. 걸어온 길이야 되돌아갈 수 있다손 치더라도, 살아온 길은 돌이킬 수 없어 알 수 없는 미안함과 후회가 들었다. 그래, 그렇다면 돌아온 길을 뒤돌아보지 말고, 새로운 길을 개척하며 뚜벅뚜벅 걸어가자! 포근하게 날 감싸주는 숲과 내가 숨 쉴 수 있는 자양분이 되어주는 울창한 나무, 그리고 이정표가 되어주는 바람이 있거늘. 두려울 게 뭐가 있겠는가? 완주했을 때 또다시 뒤돌아보지 않도록 부단히 앞을 향해 정진해 보는 거다.

오늘의 우울감은 〈40〉이다. 다시 찾은 사려니숲길을 2시간여 걸으며 생각의 불순물을 꽤나 많이 정화할 수 있었다.

◉ ◉ ○ ○ ○

"당신을 영원히 기억할게요."

끝이 어딘 줄도 모르는 우주에서, 물이 존재하고 유일하게 공기가 있는 행성인 지구에서, 200여 개의 나라 중 한 곳에서, 너와 내가 만날 확률! 그것을 우린 운명이라 부른다. 때론 존중과 두려움을 담은 경이로운 마음이 우리 앞날을 지배하고, 가끔은 깃털처럼 가볍고 소심한 마음의 조각이 오해를 자아내기도 한다. 어렵게 만나 쉽게 헤어지는 이유의 원천이기도 하다. 삶과 죽음은 자연의 한 조각과도 같은데, 살아생전 그 모든 조각의 퍼즐을 맞추려 안절부절못한다. 그 결이 조금이라도 삐뚤어지면 자존감에 스크래치가 생기고 우울함이 급습하기도 한다.

가끔은 혼자이고 싶고, 어디론가 홀연히 떠나고 싶은 잠재적인 희구도 누구나 가슴 한편엔 자리 잡고 있을 것이다. 타인은 그것을 '궁상맞다'라고 단언하기도 한다. 지금의 내 꼴이 그러할지도 모르겠다. 과정이 중요할까, 혹은 결과가 좋다면 과정 정도야 말끔히 희석될 수 있는 걸까? 해묵은 정쟁 거리에 스스로 답을 찾아보려 오늘도 걷는다. 또각또각!

비 오는 오늘, 당신(비)과 나의 이야기에 특별함을 담는다. 나의 유년 시절 당신은 보슬보슬, 청년 시절 당신은 추적추적, 장년이 된 지금의 당신은 주룩주룩 소리 내며 내 삶을 지탱해 주는 것만 같다. 남은 노년의 시기가 다가올 무렵, 당신은 어떤 하모니로 내 마지막 위로가 되어줄지, 벌써부터 기분 좋은 기대를 품어본다. 나, 그래서 여우비가 내리는 슬픈 날엔 당신을 영원히 기억할 수 있을 것 같다.

국토 최남단,
그 수식어의 무게감

* 　　　　　　　90년대 한 광고에서 개그맨이 우리나라 최남단 마라도 근방에서 짜장면을 주문하고, 당시 대세였던 또 다른 연예인이 철가방을 들고 나타난다. 광고의 본질은 마라도에서도 폰이 터진다는 거였다.

마라도

　　　　　　　그것을 효시로 오늘 찾은 '국토 최남단' 마라도 섬에는 짜장면집이 줄지어 서 있다. 섬은 전체 한 바퀴를 도보로 걷기에도 큰 무리가 없고, 광활한 들판과 바다를 향해 깎인 듯한 절벽이 인상적이었다.

걷다가 불현듯 느린 우체통이 눈에 들어왔다. 누군가에게 편지를 쓰면 1년 뒤에 도착한다고 한다. 1년이란 시간에 대해 생각한다. 하루하루를 지지부진하게 살아가는 누군가에겐 하염없이 긴 시간일 수 있고, 행복과 기쁨에 젖어 하루가 부족한 이에겐 쏜살같이 짧은 시간일 수도 있겠다. 그 시간의 공간을 이 편지로 인한 기다림으로 채운다면, 나는 누구에게 편지를 쓸까? 글쎄다. 지나간 여자 친구, 혹은 엄마, 마땅히 떠오르지가 않는다. 감정의 골이 비 온 뒤 습기 가득한 숲속 어딘가처럼 메말랐나 보다.

따뜻한 봄날의 마라도를 거닐며 그런 생각이 들었다. 겨울이면 뙤약볕 내리쬐는 여름 바다가 그립고, 여름이면 눈 덮인 설산(雪山)이 그리워지는 기분. 봄이면 낙엽 지는 가을이 그립고, 가을이면 노랗게 물든 꽃내음과 햇살 가득한 봄이 그리워지는 그런 상념. 평행이론을 걷는듯하면서도 이렇듯 4계절마다 배타적인 감성에 사로잡힌다. 그래서 지금 코로나 시국엔 마스크를 훌훌 벗어던지고 푸른 바다를 마음껏 유영할 수 있는 여름이 그립다. 유년시절부터 지금까지의 삶 속 과정이 많은 슬픔으로 얼룩진 지난함을 잊고 다시 한번 뜨거운 여름을 그리며, 생각의 시름을 앓는다. 누군가가 은유했던 것처럼 '그리운 건 그대일까, 그때일까'하며 말이다.

떠나기 전, 우리나라 '최남단'이라는 수식어의 무게를 깊게 아로새기며 담백한 짜장면을 한 그릇 먹어본다. 물론 중식에 고량주가 빠질 순 없다. 우리나라의 끝에서 끝없는 바다를 보며 고량주에 얼큰하게 취하니 그런 생각이 든다. 이 좋은 세상, 가능하다면 오래오래 살고 싶다고 말이다.

오늘의 우울감은 〈70〉이다. 낮술의 취기가 별로 달갑지만은 않다. ◉ ◉ ◉ ◉ ○

어버이날이 다가와서 생각해 본다. 엄마가 짜장면을 좋아하는지, 짬뽕을 좋아하는지 알고 있나? 아니, 궁금한 적은 있었나? 내리사랑에 기대 평생을 내 위주로 살아온 건 아닌가 싶다. 매년 찾아오는 이날이 작년과 별반 달라진 점도 없다. 주름이 더 늘었고, 며느리와 손주를 원하는 엄마는 여전히 그 꿈을 이루지 못한 것도 같다.

문득 궁금하다. 엄마는 나랑 살아오며 언제가 가장 기뻤을까? 과거 술기운에 물어보니 간헐적으로 있긴 있었고 한다. 학창 시절 매년 반장으로 친구들 앞에 우뚝 서는 모습을 봤을 때, 대학 가고 회사 입사했을 때 등. 그럼 뭐하나? 엄마의 속내는 여전히 내가 참한 아내를 만나 가정을 꾸리는, 그거 하나로 귀결되는데 말이다. 조심스레 그간 데려온 여자 친구 중 기억에 남는 친구가 있냐고도 물어봤다. 엄마는 조용히 자리를 뜬다. 그저 내가 좋으면 엄마도 좋다는 식이기에 더 물어볼 것도 없다. 한데 참 경솔했다. 이런 결과라면 누구도 엄마에게 소개해주면 안 됐었다. 그저 친구 같은 엄마의 편안함에 편승해 소개해줘도 좋겠거니 했던 마음이 지금은 독이 되어 마음에 응어리져 있을지 모르니 말이다. 참 죄송하다.

이러고 보니 치부가 있다면 모두 내 탓 같다. 혼자 있는 엄마, 그리고 녹록지 않은 누나네, 그러지 않아도 되는데 벌써 어른스러워지는 조카, 화창한 날 예상치 않게 내리는 비까지! 다 내 탓만 같다. 얼마나 더 노력하고 부지런을 떨어야 이 부대낌이 속 시원히 사그라질지 모르겠다. 매년 조금 더 나은 사람이 되려고 발버둥 쳤지만, 제자리를 맴도는듯한 공허함을 버릴 길이 없다. 다가오는 어버이날이 그래서 더 죄스러워진다. 꼭 '엄친아'와 비교당하는 기분이 들어서이기도 하다.

이번 어버이날은 엄마를 꼭 빼닮은 예쁜 꽃 한 송이를 보내야겠다. 그리고 '사랑한다'는 메시지를 어떤 방식으로든 표현해야겠다. 그렇게 내일을 기약하며 빌어본다. "엄마와 오래오래 함께 살고 싶어요."

가파도에서 맞는
어버이날(그들만의 리그)

＊   제주도를 감싸고 있는 섬 중 제일
낮은 섬, 청보리밭으로 유명한 가파도를 찾았다. '키 작은 꼬
마 아이의 사랑 이야기'처럼, 이 섬은 무언가의 상흔을 안고
있는 것 같다.

가파도

             마을 중앙을 가로지르며, 바다를
배경으로 광활하게 펼쳐진 보리밭은 지구 어딘가에 존재하

는 대지보다도 광활하다. 바람은 그 결을 살려주려 이내 사방 팔방으로 몰아친다. 멋쩍게 서로 사진을 찍어주는 관광객과 보리밭에서 사랑을 나누는 여러 연인으로 섬은 만원이었다.

오늘이 5월 8일 어버이날이라는 것이 때마침 떠올랐다(까마득히 잊고 있었다). SNS 피드를 흘겨 내려가며 각종 꽃 선물과 돈다발로 요란하다 싶었는데 그 날인 것이다. 다만 보며 드는 느낌은 누가누가 더 많은 용돈을 드리나 대회의 장이 된 것 같아 씁쓸하다. 궁금하다. 최소한의 진심은 담긴 건지, 혹은 SNS에서 인기몰이를 위한 과시용인 건지. 물론 당사자만 알고 있겠지만 말이다. 보통의 누군가는 열심히 공부해 꽤 근사한 대학을 가고 졸업을 해서 그토록 원하던 직장에 입사한다. 뭣도 모른 채 말이다. 졸업 후 취업난을 기어이 뚫고 원하던 기업에 입사하면 평균 연봉이 3,500만 원 정도(통계청 자료에 따른 정규직이라는 가정 하)에서 시작한다. 월 수령액은 270만 원 정도이다. 내 상식에 기인한다면 이 연봉으로는 매년 어른께 수준 이상의 용돈을 드리고 외제 차를 끌며 SNS에 자랑처럼 물질적 선동을 하지는 못한다. 어릴 적부터 열심히 공부해서 좋은 대학 가라는 말은 자본주의 체제하에서는 전

제가 틀렸다. SNS 테두리에서만 한정한다 해도 그 많은 인플루언서가 그렇게 살지는 않은 것 같다. '무엇이 저들에게 자본적 여유로움을 선사해 주는 걸까?' 하는 근본적인 의문이 다음 기념일엔 풀리길 바란다.

물론 물질적 풍요보다 마음을 전하는 이도 적지 않다. 촘촘히 손 편지를 가득 적어 부모에게 전해주는 사람, 오늘 저녁엔 고향에 내려갈 테니 따뜻한 밥 한 끼 같이 하자는 자식, 익숙지 않은 말투로 "사랑합니다"라며 전화기 너머 보내오는 목소리까지. 표현 방식은 이토록 다르다. 나처럼 누군가는 전자에 부대낌을 느끼고, 또 다른 누군가는 후자에 진부함을 느낀다. 사뭇 다르지만 틀리지도 않은, 그런 게 아닌가 싶다.

아무쪼록 가파도를 떠나며 엄마에게 제주에서 담은 예쁜 꽃 사진 한 장 보내드려야겠다. 가파도에서 부는 고운 바람결에 아들의 마음도 함께 담아서 말이다.

오늘의 우울감은 〈80〉이다. 어버이날을 불현듯 잊었고, 온종일 그 생각에 사로잡히고 말았다. ○ ○ ○ ○ ○ ○

어릴 적 아버지는 택시 기사였다. 내가 태어날 때부터 유년 시절을 거쳐 청년이 될 때까지 택시 기사 일을 업으로 삼으셨다. 어릴 땐 자동차 타는 자체에 즐거움이 있어서 일 나가는 아버지를 거의 매일 따라나섰다. 택시에 손님이 타면 나는 뒷좌석에서 "안녕하세요!"하며 정답게 인사를 건넸다. 아버지도 그런 내가 좋으셨는지 싫다는 표정 안 지으시고 택시 영업이 끝날 때까지 날 데리고 다니셨다. 일 마치고 아버지와 함께 단골 포장마차에 들러 먹던 국밥은 아직까지도 군침이 돌게 만든다. 아마도 아버지와 둘만의 추억이 국밥에 우려져 기억이 더욱 공고해지는 것 같다. 포장마차 안은 정겨웠고, 김이 모락모락 올라오던 어묵은 추억의 향을 그윽하게 만든다.

그런 아버지가 2013년 6월 29일을 마지막으로 이제는 세상에 없다. 그렇게 큰 질병은 가족의 질서를 붕괴시킨다. 결국 죽음에 맞닥뜨렸을 땐 남은 사람에겐 공허함과 심적 고통이 영원히 따른다. 과거 TV의 한 다큐멘터리에서 3회에 걸쳐

암을 주제로 한 젊은 가족의 이야기가 다뤄졌다. 결론부터 말하면 이야기 속 주인공은 모두 죽었고 슬픔은 남은 사람의 몫으로 오로시 전가됐다. 하늘나라에서 다시 만날 거라느니, 자신이 떠나도 슬퍼하지 말라느니 하는 지독히도 상투적인 멘트는 여느 식상한 드라마와 비견해도 손색없어 보였지만 드라마처럼 기적 따위는 없이 그들은 모두 죽었다. 외람되게도 제삼자의 입장에서 시청하자니 고통스럽게 죽어간 이의 관점이 아닌 살아남은 가족의 입장을 생각해 보고 싶었다. 암이란 병이 얼마나 무서운지, 얼마나 고통스러운지 잘 알기에 그 과정을 곁에서 보고 겪은 가족의 입장을 잘 헤아릴 수 있었다. 주위에 그런 가족을 보고 있자면 왠지 측은해진다. 내 신세는 생각지도 못한 채 말이다. 너무도 이른 나이에 세상과 등진 사람이나, 평생 그 사람을 가슴에 묻은 채 살아갈 수밖에 없는 남은 가족이나, 이런 주제에 기인한다면 흔한 노랫말처럼 산다는 게 뭔지 여전히 모르겠다.

오늘 하루가 지난다는 건 또 하루 죽음에 다가간다는 뜻이기도 하다. 삶은 태어난 순간부터 수명이 정해져 있으니 세월은 우리 삶을 좀먹는 존재라고도 하겠다. 나는 조금 더 영글어지고 그 영글어짐으로 심장이 꽤나 단단해졌으면 좋겠다. 헤어짐이나 가까운 이의 죽음 따위도 자연스럽게 받아들일 수 있을 만큼 말이다. 앞으로 또 얼마나 많은 이별과 사별을 마주할지는 이미 불 보듯 뻔하다. 언젠간 나도, 친구도, 선후배도, 가족도, 모두 하늘 어귀 목 좋은 곳에서 조우할게 분명하지만 아무도 증명하지 못한 죽음을 생각하니 늘 애잔하다. 단테가 신곡(神曲)에서 노래했던 것처럼 사후에는 과연 천국과 지옥을 자유로이 비행할 수 있을까? 살아생전 전하지 못한 말이나 마음을 빼곡히 적어 고이 접어 보내면 누군가에게 닿기나 할까? 나는 오늘도 내일도 그저 멀쩡히, 혹은 멀뚱히 그럭저럭 살아간다. 일찌감치 사랑하는 이를 잃은 모든 이들이 그런 것처럼 한 서린 작은 울림을 평생 간직한 채 말이다.

사랑하는 사람을 잃거나, 언젠가는 잃는 기구한 삶은 누구에게 책임을 묻고 위로받아야 할지 모르겠다. 8년이 지난 2021년의 5월에 제주에 홀로 서있자니 문득 아버지가 사무친다. 사랑하는 사람과 추억을 쌓거나, 혹은 사랑했던 사람을 추억하기에 좋은 날이다.

과잉된 슬픔

＊ 제주도로 온 지 벌써 두 번째 맞는 일요일이다. 시간 참 빠르다. 여기에서도 일요일의 의미를 부여해 하루는 더 격렬하게 쉬어보자고 밀린 빨래도 하고, 가까운 카페에서 책도 보며 그렇게 흘려보냈다. 햇살 좋은 오후엔 애월 바다 앞을 한참이나 거닐며 바라봤다. 최적의 장소를 찾아 사진 찍는 사람, 바닷가 해안도로 앞을 줄지어 오가는 차량, 맛있는 한 끼를 위해 맛집 앞에 시간을 죽이며 기다리는 사람. 사람은 무엇으로 사는 걸까? 철학적 기우에 스며든다. 염세주의를 지양하는 사람의 하루는 보통의 사람과 비견해서 그 의미의 질량이 다를까? 쇼펜하우어의 말을 빌리자

년, 인간의 삶은 고통뿐이며 실 만한 가치가 없다고 단정 짓는다. 삶 자체를 일종의 임무, 즉 수행해야 하는 단조롭고 고된 일뿐이라는 주장이다. 일각 일리 있어 보인다. 그래도 우리는 방어기제를 펴며 꾸역꾸역 살아가려는 본능을 가지고 있다.

슬픔

저마다 목적과 지난한 삶의 과정을 품고 살아가는 사람이 움직이고 거리를 거니는 게 때론 무척이나 신비롭다. 슬픈 건, 내가 생각하는 만큼 사람들은 타인의 삶에 별 관심이 없다는 것이다. 햇살 내리쬐는 날 손잡고 바닷가를 거니는 연인이 때론 힌없이 부럽고, 갓난아기에게 바다를 보여주려는 부모의 모습도 정겹다. 다 하나같이 내가 이루지 못한 삶의 결과물이기 때문에 그런지 모르겠다.

내가 생각하는 지향점은 무엇일까? 고대 철학자 탈레스는 별자리를 관찰하며 걷다 수채에 빠진 적이 있었다. 그는 당시

시나가년 사로부터 "땅에서 일어나는 일노 다 모르년서 하늘의 이치만 찾고 있나?"라는 핀잔을 들었다고 한다. 내 처지가 그런지도 모르겠다. 앞날도 가늠 못하면서 사람에게서 비롯되는 철학적 사유를 간파하려고 하다니 말이다. 그런 생각을 하자니 왠지 씁쓸하다. 며칠 전 꽤 오래 통화한 친구와의 대화 내용이 다시금 복기된다. 그날은 웬일인지 직장 생활하는 친구 하나가 일요일 이른 아침부터 전화를 해왔다.

그러곤 술에 취해서 할 법한 하소연을 털어놓는다. 1시간여의 통화를 요약하자면, '공허함' 그것이었다. 일찍 결혼해서 처자식을 꾸리고 직장을 다니는 그 친구에게도 '마음의 감기'는 이따금 찾아오나 보다. 반대의 길을 가는 지금 내 처지가 부럽다나 뭐라나. 나는 가정을 일구고 사는 네가 부럽다고 했다. 핑퐁에 제로섬 게임이 따로 없어 보인다. 절대 가치가 아닌, 서로가 못 가진 상대 가치에 이상을 꿈꾸니 언제 우리가 영글어지나 싶기도 하다.

불혹의 나이에 들어서며, 한 번도 경험하지 못한 우울증과 공허에 길들여지는 내 모습과 가장의 무게에 짓눌리는 친구의 모습이 숲의 나무처럼 누군가에겐 보잘것없는 피사체의 하나로 비칠지 모르겠다. 그 친구나 나나 과잉된 슬픔이랄까? 이조차도 못 누리는 다수도 어딘가 우후죽순으로 존재할 텐데 말이다. 다만, 나무가 있어 숲을 이루는 것처럼- 그의 존재 자체가 가족이란 숲의 의미를 더해주진 않을까? 이 시기가 지난 뒤 친구의 기억을 다시 한번 듣고 싶다. 내 기억도 함께 전하며 말이다. 10년 뒤 오늘 같은 일요일 아침이면 좋겠다. 그때에도 난 지금처럼 케렌 앤의 〈not going anywhere〉이 잔잔하게 울려 퍼지는 카페에 앉아 바다를 바라볼 수 있는 삶을 산다면 더 바랄 게 없겠다.

오늘의 우울감은 〈40〉이다. 바람 한 점 없는 바닷가 어귀에서 마시는 맥주 한 캔이 참 달아서다. ◉ ◉ ○ ○ ○ ○

　지극히 개인적이지만 슬픈 것이 있다. 자의적으로 떠나와 제주에서 홀로살이를 하는 지금도 누군가와 이야기를 나누면 그런다. "혼자 간 김에 여자 잘 꼬셔봐!", "요즘 여자도 혼자 여행 많이 간다던데, 잘 찾아봐!" 나는 대체 어떤 삶을 살아온 걸까? 누구 하나 '오늘 거기 날씨는 어때?', 혹은 '오늘은 글 많이 썼어? 나도 원고 한번 보고 싶다.'라며 달갑게 맞아주는 이가 없다. 왜 이런 삶을 살아온 걸까? 살아생전 아버지가 그토록 강조했던 그 누구에게도 해코지 안 하고, 어른 보면 인사 잘하는, 그 정도는 하고 살았는데, 남들 잘 때 조금 더 공부하고, 그 결과로 꽤 괜찮은 직장을 다니기도 했다. 그들은 바라나 보다. 언제나처럼 술 먹고 농이나 던지며 '개차반' 되는 모습을 말이다. 나도 어울리지 않은 옷을 입고 살아가자니 부대끼기도 한다. 다만, 살아온 내 모든 노력이 평가절하되는 기분에 오늘도 참 슬프다. 나르시시즘이나 자기연민으로 치부하지는 말아줬으면 싶다.

그 옛날,
제주도의 소리 없는 절규

11 Day

＊　　　　　　　　　　걸어 다니면 더 많은 것을 볼 수 있다. 내비게이션에 특정 목적지를 찍고 과정은 흘려보내고 목적지만 바라보며 달려온 시간을 복기하면 그런 생각이 더 든다. 오늘은 왠지 모를 무기력감이 몰려온다. 제주에 온 지 열흘의 시간이 흘렀고, 시들해진 삶에 잠시 쉼표를 찍고자 했던 애초의 목적이 왜곡되어 가는 건 아닌지 하는 의문이 들었다. '나 지금 가게 내팽개치고 여기서 뭐 하는 거지?' 내 의지인지, 지루해진 일상에 연이어 다가온 우울증으로부터 도피성인지, 자문하지 않을 수 없다.

　잠에서 깨어 돌처럼 굳어진 듯한 몸을 바로 일으켜 세우지 못하고 한참을 누워있었다. 폰을 만지작거리며, 인스타그램을 습관처럼 들여다본다. 누구보다 화사하고, 품위 있고, 여유롭고, 다정한 가정을 이루고 사는 이들로 피드 속은 붐볐다. 누구 하나 게으르거나, 슬프거나, 나처럼 무기력과 우울에 잠식된 이는 찾기 힘들다. 누가누가 더 행복한지 자웅을 겨루는 과시의 장을 보는 기분이 들었다. 글도 예쁘게 쓰고, 외모는 누구 하나 모난 사람이 없을 정도로 뛰어나 보인다.

그들의 일상은 어쩜 저렇게도 근사할까? 그것도 한두 명이 아닌, 인스타그램에 일상을 공유하는 그 모든 이들이 다 말이다. 세상 슬픔과 우울은 오롯이 나 혼자 뒤집어쓴 듯한 환상이 든다. 박탈감과 삶을 짓누르는 뭔지 모를 무게감에 처방받은 약을 한 알 먹고 오늘도 길을 나선다. '웬걸, 얼굴에 뾰루지는 또 뭐야!'

산방산

알려지지 않은 제주의 아픔이 서

린, '싯일오름'으로 길 재비를 한다. 질벽이 병풍 친 듯 징임하게 솟은 산방산 앞은 흐린 날씨 덕에, 때마침 구름옷을 걸친 모습으로 절경이다. 저마다 한껏 멋을 낸 뒤 카페에 자리 잡고 하하호호 담소 나누는 사람의 모습도 정겹다. 혼자인 내 처지도 뭐, 오늘만큼은 꽤 괜찮다. 운 좋게 맞이한 절경을 그냥 지나칠 수 없어 칵테일 한 잔에 노트북을 꺼내 한참이나 글을 써 내려간다. 배산임수라고 했던가! 산을 배경으로 앞엔 바다인 물이 가늠할 수 없을 정도로 펼쳐지니 글의 외연도 금세 확장되는 느낌이다. 아침에 우울했던 마음이 한결 나아졌다. 다시 길을 재촉한다.

한 시간쯤 걸었을까? 목적지인 섯알오름에 도착했다. 정상엔 태평양 전쟁 때 일본군이 진지로 활용하던 큰 구덩이가 널찍이 파여있고, 저 멀리 당시 러시아를 점령하기 위해 전투기 비행장으로 활용했던 활주로도 보였다. 역사 책으로 봐왔던 세계 2차 대전의 잔재를 눈앞에서 볼 수 있었다. 정상에서 내려오니 비석과 함께 작은 호수가 보인다. '이곳에서 또 어떤 일이 일어났던 거야?'하며 들여다본다. 1950년도에 '예비검속'이라는 미명 하에 군인이 제주도민을 무차별적으로 대량 학살한 장소라고 한다. 6.25 전쟁이 발발해 '빨갱이' 색출이라는 명분 아래 죄 없는 제주 시민을 잡아 학살한 것이다. 야밤에 GMC 트럭에서 내리는 민간인을 이곳 호 가장자리로 끌고 와 한 명씩 세워놓고 지휘관이 지켜보는 가운데 총살해 시신을 호 안으로 떨어지게 한 장소이다. 근처에는 검정 고무신도 보인다. 잡혀 온 그들이 트럭에서 죽음을 예감하고 고무신을 유물처럼 던져놓은 것이라고 한다. 후에 군인들은 그조차도 흔적을 지우려 불태워버렸지만 말이다. 어쩜 이렇게까지 잔인할 수 있을까? 삶의 가치에 질량을 매긴다면, 지금 시대를 살아가는 우리와 당시 그들 삶의 무게는 무엇이 다른 걸까? 매한가지로 가족과 오래오래 살고 싶었을 것이며, 부유함보단 밭을 일구며 작은 행복을 바랐을 뿐일 텐데…….

실로 제주도민 일부는 여전히 육지 본토 사람을 못마땅히 여기곤 한다. 제주 4.3 사건과 섯알오름 학살의 비극이 그 단초일 수 있다. 이토록 아름다운 제주의 비극은, 소리 없이 여전히 진행형인지도 모를 일이다.

오늘의 우울감은 〈90〉이다. 좀처럼 떨어지지가 않는다. 제주의 아픔에 내 슬픔을 얹어놓은 기분이다. ◦ ◦ ◦ ◦ ◦

관심을 주고 관심을 구걸한다. 우리 문화의 최대 축이 된 SNS의 활용 기법이다. 한 유명인은 SNS는 인생의 낭비라며 엄포를 놓는다. SNS에 익숙해진다는 건 능동에서 수동으로 변해간다는 의미가 아닌가 싶다. 자기표현과 PR보단 숨어서 정보를 피딩하고 오늘은 친구의 사생활이 어떤지 화장실에서, 이동 중에도, 회의 시간에도 버릇처럼 확인한다. 그러고선 제 입맛에 맞지 않으면 허세로 치부한다.

공장에서 찍어내듯 똑같은 사상을 가진 주체 없는 삶의 오류투성이다. 다들 그렇게 살아가니 안전한 길은 그 길뿐이라며 주입한다. 어릴 적부터 꿈은 명사로 알려준다. 예컨대 "그림을 그리고 싶고, 사람에게 널리 공감되는 글을 쓰고 싶다."라는 동사가 꿈인데, '화가' 또는 '작가'가 되라고 명사만을 고집한다. 그리고 기어코 명사가 되어야 안심한다. 요 며칠이 꿈처럼 지나간다. 어떤 일을 겪으니 관계의 다이어트도 자연스레 이뤄진다. 몇몇은 그동안 잘해왔고 앞으로도 잘할 거라며 용기를 북돋워준다. 정작 뭘 해야 될지 모르겠고 자신감은 개나 줘버린 지 오래인데 말이다. 몇 개의 선택지가 있고 내 선택은 여전히 오리무중이지만 나에게 영향력이 너무나도 큰 당신(엄마)은 여전히 동사가 아닌 명사를 갈구하는지도 모르겠다.

근래 만난 선배나 동생과 주된 이야기 주제는 어쩌다 '우울증'으로 모아졌다. 아마도 SNS에 끄적여놓은 나의 우울증 이야기와 뜬금없이 한 달 동안 제주도에 가겠다고 하니 한 줌의 걱정이 되었나 싶다. 사람의 관심도도 꽤나 높았다. 페이스북에 글을 올려놨더니 서울서 알고 지내던 사회 저명한 인사께서도 메시지로 힘내라는 말씀을 해주신다. 카톡과 연계된 카카오스토리의 하루 방문자는 천명 가까이 몰리기도 했다. 가끔 사람들은 다른 사람의 아픔에서 본능적으로 위안을 삼기도 한다는 걸 느끼게 됐다. '나만 힘든 게 아니었구나!'하며 말이다. 다른 한편으로는 사람들은 타인의 삶에 큰 관심이 없다는 것도 알게 됐다. 결국 하루가 끝나고 불을 끄고 누우면, 어쨌거나 혼자 덩그러니 남는다. 밀려오는 슬픔도, 누군가에게 크게 자랑할만한 기쁨도, 오롯이 혼자 삼키게 된다. 타인에게 비친 내 모습에 대해 생각해 본다. 신발이 없어 우는 아이에게 조용히 다가가 내 신발을 벗어 건네는 따뜻한 마음에 대해……. 맨발로 뚜벅뚜벅 걷는 나에게 누군가가 또다시 다가와 신발을 건네주는 선순환에 대해서 말이다. 세상이 나 혼자인 '일(1)'이 아니었으면 좋겠다. 꼭 둘이 아니더라도 '일과 이분의 일' 정도면 더할 나위 없겠다.

일상에 젖어든
지루함

  *   챗바퀴 도는 듯한 하루의 끝은 항상 공허하다. 학창 시절 야간 자율학습을 끝내고 늦은 밤 집으로 돌아왔을 때, 직장 생활하며 바쁜 일과를 끝내고 집으로 돌아오던 때, 그리고 조금은 자유로워진 현재 가게를 운영하며 지새는 하루, 별반 다를 것 없이 그 끝은 공허로 귀결된다.

일상

우울증을 치료하며 전문의 선생

님과 먼 과거로까지 거슬러 올라가 꽤 많은 이야기를 나눴다. 깊이 자리해 있는 우울의 근원을 찾아보려 이야기 타임머신을 따라 거슬러 올라가 본 것이다. 다 열거할 수는 없지만 참 다양한 일을 겪었던 것 같다. 생각해 보면 어느 시점부터 알 수 없는 무언가가 누적된다는 느낌이 강하게 들었다. 그 시점은 알 수 없지만 누적되어 넘쳐났다는 점은 명료하다.

대체 뭘까? 그리고 결론은 한 곳으로 집약된다. 일상에 젖어든 지루함! 한참 공부할 때나 땀 흘리며 일하거나, 삼삼오오 모여 술을 마시거나 여행하는 그 순간은 한없이 즐겁다. 문제는 거기부터 시작된다. 나는 항상 그 순간 이후를 생각한다. 이 순간이 끝나고 찾아오는 또다시 혼자인 순간. 그 순간의 순간은 또 무얼 하며 지새울까 하는 우려 말이다. 한시라도 지루함을 참지 못하는 불치병이라도 걸린 걸까? 꾸역꾸역 하루를 넘기고 다음 날 뜨는 해를 바라볼 때면 '오늘 하루는 또 얼마나 미지근할까?' 하는 생각에 사로잡힌다. 평이한 하루가 지독히도 지루하게 느껴지는 기분으로 휩싸이는 것이다. 그러다 보니 일하거나 책을 쓸 때에도 집중이 잘 안 된다. 누군가에게는 숨 쉴 수 있는 하루의 시간이 소중할 법도 한

네, 나는 감히 사치스럽게 '시간아 빨리 지나가 버려라!'하며 바랬던 적이 한두 번이 아니다.

몇 년 전 서울서 직장 다닐 때 같은 업계에 종사하던 여기자가 한 명 있었다. 비슷한 또래였던 그녀는 당시 갑작스레 유명을 달리했다. 그녀가 불현듯 생각나는 건, 그녀 명함 뒤편에 적힌 문구가 떠올라서다. "나는 내 삶에서 만난 사람들의 총체다." 그녀는 증권부 기자로 누구보다 당당했고 기민했을 터다. 무중력 세계 여행가를 꿈꿨고, 집으로 가는 택시 안에서 그 짧은 시간에도 책을 읽으려 폈다가 피곤에 못 이겨 잠들던 친구였다. 장례식장엔 재계 총수나 국회의원도 많이 보였지만 밤새 진심으로 울어주는 친구도 많았다고 한다.

비 오는 제주 협재 해변가를 뚜벅뚜벅 걸으며 그녀를 생각한다. 새하얀 백사장과 에메랄드빛 색깔을 담은 바다를 바라보자니 그녀의 이른 죽음이 이내 슬픔으로 다가온다. 내가 알고 지냈던 모든 사람의 죽음까지도……. 어느샌가 나도 살아온 날보다 살아갈 날이 더 적어진 것 같다. 내 삶의 총체가 되려 애썼고 지금도 진행형이다. 무중력의 공간을 여행하고 있을 그녀를 비롯한 많은 사자(死者)의 안부가 궁금해진다. 각자의 주체적인 삶을 살다 간, 혹은 살아가는 우린 서로가 서로에게 총아(寵兒)가 아닌가 싶다. 에메랄드빛을 선명하게 풍기는 협재 해변가를 바라보며 마시는 한 잔의 커피가 달다. 다시 뚜벅뚜벅 길을 나서야겠다.

오늘의 우울감은 〈60〉이다. '떠남'과 '잊힘'에 대한 생각이 깊어진다.
　　　　　　　　　　　　　　　　　　●　●　●　○　○

서울에 계신 작은 아버지가 뜬금없이 전화가 왔다. 안부 전화라는데, 어버이날을 지나면서 집안 어른끼리 또 무슨 이야기가 나왔나 보다.

삼촌　요즘 만나는 친구 없냐?

나　응, 전혀 없지. 왜?

삼촌　까불지 말고, 빨리 잘 사귀어서 다시 장가갈 생각 해라. 나이가 몇인데 그러고 있냐?

나　한번 갔다 왔으면 됐지, 뭘 또 가?

삼촌　엄마랑 할머니 생각은 안 하냐?

나　그럼 삼촌이 누구라도 소개해 주고, 얘길 하던지. 이 꼴로 사는데 어떤 여자가 나 좋다고 하겠어?

삼촌　까불지 말고, 진지하게 잘 생각해서 만날 생각 해라!

나　참, 이 좁은 동네에 누가 있어야 만나지. 그리고 상대 여성이 제정신이면 날 만나겠냐고(웃음)?

삼촌   암튼, 잘해라!

 이혼 후 몇 년 조용한가 싶더니, 또 결혼 얘기가 스멀스멀 기어 나오나 보다. 어지럽게 생각할 필요도 없이, 나는 지금도 누군가와 만나서 가정을 꾸리고 절절한 사랑을 하고 싶다. 한번 실패했기 때문에, 남 눈요기에 안 들기 위해서 더 착실하고 영민하게 살아야겠단 생각도 든다. 한데 참 안타까운 건, 우리 가족은 내 입장만 대변한다는 것이다. 내 나이 마흔, 이젠 볼품없는 직장, 이런 냉엄한 현실에 비춰본다면 보통의 여성이 날 만날까 하는 것이다. 할머니, 엄마, 삼촌이 가끔은 이상을 꿈꾸는 것도 좋지만, 요즘 여성이 원하는 게 무엇인가 하는 냉정한 현실도 이해했으면 좋겠다. 정 안되면 코로나 끝난 뒤에 베트남이나 캄보디아에 가서 사랑을 싹틔워 보겠다 하고 전화를 끊었다(또 웃음).

 '웃픈' 현실이다. 기성세대의 결혼관과 현시대를 사는 나의 결혼관 사이의 간극을 생각하면. 의무냐 선택이냐가 좀처럼 좁혀지지 않는다. 한번 실패를 맛보니 그 골의 크기는 더해진다. 결혼하고 아이를 낳으면 내 삶이 조금은 나아질까? 어떻게든 정해진 제도에 꾸역꾸역 밀어 넣으며 이 길이 최선이라는 앞세대의 인식은 어떤 논리로 뒤집을 수 있을까? 별로 갈등을 부추기고 싶지 않지만, 결혼은 '선택'이라는 무게추에 힘을 더 싣고 싶은 건 사실이다.

어두워져야 밤하늘의
별이 보이는 것처럼

13 Day

*　　　　　　　불안할 때가 있다. 여전히 특별한 이유는 알 수 없다(그래서 정신의학과를 찾았고, 지금 이러고 있지만 말이다). 어제는 새벽 5시가 돼서야 잠들었다. 수면제를 포함한 처방받은 약을 한 알 먹었는데도 별 소용이 없었다.

어둠

　　　　　　　동시에 제주 앞바다에서 지낸다는 것의 단점을 하나 발견하고 말았다. 칠흑 같은 어둠에서 바다로부터 불어오는 거센 바람 소리. 특히나 흐린 날은 그 세기가 육지의 태풍만큼이나 거세 쉽사리 잠을 이룰 수가 없다. 저마다 하루의 루틴이 있고 엔도르핀이 특히나 활발해지는 시간대가 있을 것이다. 나의 경우 새벽 시간대가 그렇다. 글을 쓸 때나, 책을 읽는 등 뭔가 집중이 필요할 때 새벽 시간에 집중하곤 한다. 오늘 새벽엔 바람 소리를 등에 업고 글을 썼다 지우기를 반복하다 김형석 교수께서 쓰신 '백 년을 살아보니'라는 책을 집어 들었다. 겪어 보지도 않은 뜬구름 잡는 제목이 아닌, 교수께서 직접 백 년을 살아본 뒤 집필한 책이라 그 경중은 보다 무겁게 다가왔다.

교수께선 그런다. "정신적 성장과 인간적 성숙은 한계가 없다. 노력한다면 75세까지는 성장이 가능하다고 생각한다. 나도 60이 되기 전에는 모든 면에서 미숙했다는 사실을 인정하고 있다. 나와 내 가까운 친구들은 오래전부터 인생의 황금기는 60에서 75세 사이라고 믿고 있다." 내가 교수님의 말씀에 비빌 깜냥도 되지 않겠지만, 100세 시대를 사는 우리에게 시사하는 바가 커 보인다. 어두워져야 밤하늘의 별이 보이는 것처럼, 훗날 나이가 듦에 따른 그 영금이 내가 지금 보지 못하는 삶의 본디 모습을 아로새겨 볼 수 있지 않을까 싶다. 지금은 아무리 찾으려 애써도 볼 수 없는 무언가를 말이다.

오늘도 길을 나서본다. 가공하지 않은 날 것 그대로의 모습도 지금은 의미가 있지 않을까 하는 작은 소망을 담아서 말이다. 제주 공항 근처 바다를 거닐며 비행기가 이착륙하는 모습을 한없이 바라본다. 2분마다 비행기가 이착륙한다니 정치권에서 논쟁이 되는 제주도 제2공항에 대한 필요성도 사뭇 일리는 있어 보인다. 천혜 자연에 자본이 계속해서 침투한다는 우려도 함께 들기도 한다.

용두암 해변을 따라 뚜벅뚜벅 걷다 보니 어느덧 제주 동문시장에 다다랐다. 어느 지역을 가든 그 지역의 토속적인 재래시장을 다녀보는 게 좋았다. 사람 내음과 굳이 알려하지 않아도 그 지역만의 문화를 시장 안에서 엿볼 수가 있어서다. 상인들은 여느 재래시장과 마찬가지로 활기가 넘쳤고, 에누리없이 덤으로 준다는 건 여사였다. 내 활력소는 언제쯤 암흑을 뚫고 다시 빛을 맞이할까. 날이 저물며 어깨도 축 처지는 느낌이다.

이왕 시장까지 찾은 김에 장을 봐서 가야겠다며 이리저리 둘러봤다. 제주를 형상화한 여러 캐릭터와 모조품도 아기자기하다. 저녁에는 소주 한잔할 생각에 작은 회 한 접시를 포장했다. 막 잡아 올린 신선한 '붕장어' 회라는데 갸우뚱하긴 했지만, 분위기에 휩싸여 안 살 수가 없었다. 마지막으로 길가에서 갖가지 야채를 팔고 계신 할머니 가게에 들러 상추와 깻잎도 사서 집으로 돌아왔다.

상추와 깻잎을 씻고 간장에는 고추냉이를 푼 뒤 제주에 온 후 처음으로 한 상 차려 저녁 식사를 한다. 주거니 받거니 상대가 없어 아쉬움은 크지만, 혼자인 이 시간에 큰 의미를 두려 한다. 어머니 집에 들를 때마다 한상 가득차려 한 끼 잘 먹여 돌려보내려는 당신의 마음도 곱씹어 본다. 지난한 많은 것이 그리움으로 다가오지만, 그 생각의 끝은 이내 현실이 된다. 지금 나는 훗날 그리움으로 잠식될 현실을 즐길 뿐이다.

오늘의 우울감은 〈40〉이다. 오래간만에 먹는 회와 소주 한잔에 미소가 깃든다.

○ ○ ○ ○ ○

태줄에 의지해 양수 속을 헤엄치다 우렁찬 울음소리와 함께 세상 밖으로 나온다. 그렇게 부모 자식 간의 연은 시작되고 자식으로 시작해 부모, 더 나아가 할아버지 할머니로 불리다 삶은 종결된다. 어느 시점이 되면 부모의 부모는 제 삶에서 희석되고 자식만을 위한 삶을 살아간다. 제 부모는 언제 죽은 지, 살아생전 기억도 희미해진 채 말이다.

우리네 엄마 아빠도 그들의 엄마 아빠였던 할머니, 할아버지가 가끔은 얼마나 보고 싶을지 상상해본다. 토닥여 달라며, 혹은 꼭 안아달라며 목놓아 외쳐보고 싶을지도 모르겠다. 엄마에게도 당신의 엄마가 존재한다는 걸 가끔은 잊고 산다. 평생 아버지의 아내, 나의 어머니로만 헌신하고 가슴앓이하다 근래엔 직장의 정년퇴직 종용에도 고민이 깊은가 보다. 엄마의 어머니이자 나의 외할머니는 기약 없이 병실에 누워 계시고, 제 서방이자 나의 아버지는 이 세상에 존재하지 않는다. 사회에서의 한 막을 뒤로하고 오늘도 집에 홀로 돌아가 척척하게 있을 엄마 모습이 눈앞에 선하다. 가끔은 우리 엄마도, 당신의 엄마가 그리워 가슴에 사무치진 않을까? 내가 그렇듯. 남편, 부모, 자식. 결국 우리 엄마 옆엔 오늘도 아무도 없다. 훗날 효도한답시고 유난 떨자니 그땐 엄마가 없을지 모르겠다. 그런 '우'를 나만큼은 범하지 않고 싶다. 사회적으로 조금은 더 혜택을 입은 우리 세대가 더 잘했으면 싶다. 코로나가 아닌, 이런 마음은 전염되어도 좋다.

슬픔을 건너

14 Day

✻ 전 직장 선배에게 전화가 왔다.

선배 야, 임기헌! 너 지금 제주도에 있지?

나 (자다가 일어나서) 네! 왜요?

선배 나 어제 모임서 다 같이 제주도 왔는데, 이따가 이호
　　　테우 해변서 서핑할 건데 너도 와!

나 거기 선배 사람들 다 계신데 어떻게 가요? 안 갈래요.

선배 야, 임기헌! 그냥 와 이 새끼야! 여기 사람들도 너 보
　　　면 좋아할 거야.

나 (내심 좋아서) 일단 알겠어요.

전화를 끊고 '널 보면 좋아할 거야!'라는 무미건조한 한마디가 그야말로 무미건조한 내 하루에 큰 울림을 주는 것처럼 다가왔다. 가족을 제하고 '이 세상에 날 좋아해 주는 사람이 존재할까?'라는 자기연민이 강하게 들던 터여서 더 그랬다.

절리

얼른 채비해서 이호테호 해변으로 향했고, 처음 만난 분들과 가볍게 인사하고 허우적거리며 잠시 서핑을 즐겼다. 참 밝아 보였다—사람들이. 웃고 있어도 우는듯한 내 모습과는 사뭇 대비가 됐다.

그 뒤 선배는 이따가 파티할 건데 거기도 꼭 참석하라고 한다. 옆에서 동료들도 "기헌 씨, 꼭 와야 해요!"하며 거든다. 그러나 이번에는 기필코 거절했다. 이런 분위기에서 술이 한번 들어가면 나 스스로가 걷잡을 수 없어 최소 이틀이 망가진다는 걸 알기 때문이다. 제주도에 온 목적이 휘청거릴 수 있다고 혼연의 힘을 다해 양해를 구했다. 그리고 지갑에 있는 현금을 건네고 도망치듯 자리를 떴다. 기분 좋은 경험이다. 낯선 사람과 낯선 곳에서의 만남은 시기와 장소를 막론하고 늘 흥미롭다. 얼굴에 미소 가득한 사람들을 보니 더 그렇다.

일상에 젖어든 지루함을 뒤로한 채, 슬픔을 건너 또 또각또각 걸으며 길을 나선다. 제주에 온 지 보름이 돼서야 내 마음이 잠시 머물다 간다. 오늘 밤은 약 없이 잠들 수도 있을 것 같은 맑은 기분이다. 그렇게 길을 나서 한적한 시골 마을에 위치한 〈제주맥주 공장〉에 도착했다. 제주에서만 생산되는 맥주라니 공정 과정을 한번 보고 싶었다. 가이드의 설명을 한참이나 듣고 공장을 한 바퀴 둘러본 뒤 그제야 기다리던 맥주 시식을 한다.

"우와~ 맛있다."

갓 생성된 맥주를 한 모금하니 탄성 소리가 절로 나왔다. 갓 제조했다는 신뢰와 펍의 분위기 탓도 있겠지만 맛이 신선했다(평일 대낮에 혼자 신선놀음을 즐기는 듯한 미안함도 담았다). 결국 추가로 두 잔을 더 마시고 자리를 나섰다.

과거 호주와 독일에 가서도 자체 생산하는 지역의 맥주 양조장을 가봤다. 어느 나라를 가든 그 나라의 재래시장과 대학, 그리고 방문이 가능한 제조 공장은 꼭 들러본다. 이 세 가지 원칙은 고수하고 있다. 미국의 하버드를 비롯한 아이비리그의 대학도 그런 이유에서 들렀었다. 제주 맥주공장은 처음인데, 나름대로의 토속적인 매력이 있었다. 예컨대, 제주 특유의 바람과 햇살을 담은 자연적인 인프라의 장점이랄까? 맥주 제조에 기본적으로 첨가되는 보리(맥아), 물, 홉, 효모 외에도 지역적인 강점이 인상 깊었다. 그 끝에 마주한 맥주 시식. 낮부터 멋들어진 펍에 홀로 앉아 남부럽지 않게 맥주를 삼킨다. 좋다! 정말이지 좋다! 이달 말, 다시 일상으로 돌아가면 '또 무슨 의미로 살아가지?'하는 괴로움도 잠시 잊는다.

오늘도 순간을 즐기지 못하는 나 자신이 우습다. '다음을 생각하며 우울해지는 내 모습! 이 순간이 지나면 또 허무해지겠지?' 하는 생각이 지배적이다. 반복되는 무료함에 절망을 느낀다(그 누구도 뭐라 하지 않는데 말이다).

오늘의 우울감은 〈80〉이다. 낮술의 취기가 별로 좋지만은 않았다.

○ ○ ○ ○ ○

　#1. 근래 사회를 떠들썩하게 만든 손정민 군 사건(친구와 함께 한강에서 술을 마시다가 알 수 없는 이유로 익사 한 사건)을 보며 아버지의 마음을 엿본다. 그는 아들이 실종된 이후 자신의 블로그에 애틋한 마음을 담아 보는 이들 마음을 절절하게 만들었다. 적지 않은 나이에 여전히 아버지와 달달한 이모티콘을 주고받으며 다정한 관계를 유지하던 아들의 효심도 곱씹어보게 된다. 의과대학에 진학해 꿈을 이루며 멋진 아들이 되려 했던 한 청년의 삶은 끝내 쌀쌀한 주검으로 돌아와 종국을 맞았다. 그의 부모는 목놓아 탄식했고, 분노한 국민도 함께 울었다. 이후 이제 잃을 게 없다며 아들의 명예라도 회복해보려 노심초사 사고 원인을 찾으려 애쓴다. 그 와중에 아버지의 모습은 놀랍도록 냉정하고 침착하다. 쉽게 흥분하지 않고 앞뒤 논리를 최대한 따져 지적하고 주장을 편다. 그의 차분함에 '아버지'라는 존재의 자화상과 경외감까지 든다.

#2. 어제는 유명 그룹 '엠씨 더 맥스'의 제이윤이라는 가수가 사망했다. 젊은 시절부터 그들의 노래를 좋아했던 터라 충격은 더했다. 특히 앳된 모습으로 바이올린을 켜던 제이윤의 사망 소식은 달갑지 않았다. 예상컨대, 거친 파고처럼 밀려오는 우울이 어느 궤도에서 감정과 충돌해 충격파를 이기지 못하고 결단한 건 아닌가 싶다. 나는 그 궤도를 자주 오르내리다 보니 그의 마음을 알 법도 하다.

동료들은 또 사후에야 추모를 시작한다. '있을 때 좀 더 잘할걸!' 하는 내용이다. 늘 그랬다. 태초 이후 '있을 때 잘할걸!' 하는 본연의 마음은 시대를 막론하고 변함없다. 반대급부로 살아있을 때 무얼 어떻게 해야 후회가 안 남을지 알 길이 없는 점도 아이러니하다.

#3. 며칠 전 한 후배 어머니가 돌아가셨다는 소식을 접했다. 고민이 많이 됐다. 제주에 와있는 터라 갑자기 서울에 다

녀오려니 여러 가지 기회비용 소모가 만만치 않다. '여기서도 기회비용을 생각하다니!' 하며 파렴치한 내가 참 밉보였다. 그 친구는 아버지 장례식 때에도 새벽에 먼 길을 달려왔는데, 시간이 지나니 그런 고마움조차 조금씩 희석되는 게 슬펐다. 부조금을 두둑이 넣어 전해준 게 그 친구에게 어떤 의미로 다가갈지는 모르겠다. 하나 확실한 건, 나 스스로가 참 밉다는 것이다.

#Post Script.

오늘 하루 아무것도 못하고 바다가 내려다보이는 카페에 앉아 책을 읽고 글을 써 내려간다. 웬걸, 요 며칠 진척이 없던 글도 참 잘 써진다. 이렇게나 간사하다. 죽음이 눈앞에 다가올 무렵, 나는 얼마나 처연해질 수 있을지에 대해 생각해 본다. 가족과 날 지탱하던 주위 몇몇 사람에게 어떤 식으로 마지막 내 마음을 전할지에 대해 말이다.

암 말기 시한부 진단(2개월)을 받고 투병 중인 '아시아의 별'인 보아 오빠 권순욱 감독. 그는 "어떻게 내게 이런 일이 생길 수 있는지, 왜 나에게 이런 꿈에서나 볼 법한 일이 나타난 건지 믿을 수 없지만 잠에서 깨어나면 언제나 현실이다."라며 자책했다. 그들의 마음을 감히 헤아릴 수 있을 것 같다. 마지막까지 아들을 찾으며 어두운 중환자실서 눈물을 머금고 돌아가신 아버지의 마음도 말이다.

하늘과 바다가 맞닿은 지평선은 우리 사는 세상과는 다르게 너무나 평온하다. 한참을 보고 있자니 이내 알 수 없는 눈물이 흐른다. 참 주책이다. 길을 나서야겠다.

문화 선진국을 소망하며

＊　　　　　　　　　　　　　"애들아, 근사한 곳 있는데 가서
하루 놀다 오자!"

　그렇게 통기타 하나 둘러메고 떠난다. 남녀 할 것 없이 그
시절 우리 모습이다. 먹고, 노래하고, 춤추며, 이야기했더랬다
(휴대폰 따윈 없었다). 낭만 따윈 20여 년 전에 멈췄고, 관계는
휴대폰 속에 잠식됐다. 웃어야 할지, 울어야 할지 모르겠다.
추적추적 비 내리는 오늘도 세월 속에 잠식된 것 같다.

　다가오는 미래도 특별한 문화혁명이 일어나지 않는 이상
낭만을 되찾기란 어려워 보인다. 의미 없이 만나 음식 사진만
찍고, 남의 사생활이나 염탐하며, 온종일 폰만 붙잡고 있다.

김구 선생이 강조한 문화 선진국의 이면이 손 안의 기계 하나에 좌우되는 것 같아 참 슬프다. 오프라인 관계에서 비롯된 문화의 힘이 어느샌가 온라인으로 옮겨가 서로의 불신만 키우는 실정이다. 혼자 며칠을 지내도 외롭지 않다. 폰 안에 세상이 집대성되어 있으니 말이다.

문화

아쉬운 마음을 뒤로한 채 오늘은 제주에서 유명한 문화 공간인 〈아르떼 뮤지엄〉을 찾았다. 빛과 영상, 그리고 소리가 만들어 내는 환상의 미술 작품을 감상할 수 있다. 각 공간마다 하나의 테마를 설정해 관객을 이색적인 공간으로 인도했다. 영상을 이용해 파도치는 모습을 묘사한 해변 공간은 남녀노소에게 인기 만점이었다. 저마다 개성 있는 사진을 남기려 다소 해학적인 포즈와 표정을 짓는 사람들로 넘쳐났다. 또 다른 공간은 예술 작가의 그림을 만날 수 있는데, 미켈란젤로가 그린 천지창조가 눈앞에 영상으로 펼쳐지는 광경은 그야말로 장관이다. 이밖에도 유명 명화를 담은 곳, 숲속 사파리 등 가는 곳마다 각기 다른 테마를 적용해 다양한 공간을 체험할 수 있었다. 정신없이 한참 구경한 뒤 나서는 바깥세상은 적막하기 그지없다. 한적한 시골 한가운데에 자리 잡고 있는 터라 버스 정류장과도 꽤나 거리가 있어 또 한참을 걷는다. 뚜벅이의 비애랄까! 저물어가는 석양을 보며 나는 또 뚜벅뚜벅 걸음을 재촉한다. 풀벌레 소리와 바람 소리를 피부로 느껴본다.

관람을 마친 다른 이들은 저마다 차를 타고 박물관을 빠져나갔다. 내심 누군가가 '어디까지 가세요?' 하며 물어오진 않을까 하는 로맨틱 영화에나 나올 장면을 상상해 본다. 그 상상조차 지는 석양과 함께 저물었지만 말이다. 그렇게 작은 마을 어귀에서 1시간가량 멍하니 앉아 버스를 기다린다. 마을 어르신이 지나갈 때마다 멋쩍은 듯 가벼운 목례를 나눈다. 평생을 도시에서 살아온 내가 이런 시골에 살 수 있을까? 많은 도시 사람이 전원생활의 로망을 품지만, 실제로 그 생활이 자기 삶이 된다면 멀쩡히 살아갈 수 있을까 하는 의문이 든다.

오늘을 기점으로 제주 한달살이를 계획한 지 절반이 지났다. 여전히 우울함에 잠식된 내 모습을 반추하기도 하고, 앞으로의 희망보단 우려에 대한 미심쩍은 기분이 드는 것도 사실이다. 외국에서 학교 다니던 시절이나 연수를 오랜 시간 나가 있을 때와는 사뭇 다른 느낌이다. 내 속앓이를 입 밖으로 표출할 수 없는 기분이다. 아침에 눈뜰 때부터 밤에 눈 감을 때까지 오롯이 혼자이기 때문이다(그럴 작정으로 온 것이지만 말이다). 조금 더 침착하게 혼자의 시간을 유유히 즐기고 싶다. 한껏 게으름도 피우고, 바다 보며 누군가를 한없이 그리워도 하면서 말이다. 오늘도 기어이 해는 지고, 내일은 해가 뜬다는 변치 않는 사실이 슬프게 다가오는 건 어쩔 수 없다.

오늘의 우울감은 〈60〉이다. 문화의 힘도 내면 깊숙이 곪아가는 우울함을 완전히 떨쳐내지는 못하는 모양이다.

● ● ● ○ ○

대개 사후(死後)에 그 사람을 평가한다. 이성보단 감성을 더해서 말이다. 왠지 이 세상에 없다고 생각하면 아련해지고 애잔한 마음이 강하게 든다. 살아생전 그 사람의 부정(不正) 보단 착한 마음과 추억이 더 사무친다. 40년을 살아오며 참 많은 이들과 사별했다. 가깝게는 할아버지부터 아버지, 그리고 친하게 지내던 지인 혹은 TV에 멀쩡하게 나오던 연예인까지……. 보통 3일간의 장례를 치르고 살아남은 자는 다시 일상 속으로 복귀한다. 그렇게 일상에 치여 우리는 그들을 금세 또 잊고 살아간다.

불교의 윤회(輪廻) 사상을 전제한다면, 영원한 이별을 고한 그들은 우리가 알지 못하는 어떤 세상에 또 다른 형태로 태어나 신묘한 삶을 이어갈지 모를 일이다. 가끔 일어나는 데자뷔 현상이나 베르나르 베르베르가 자신의 저서 〈나무〉에서 묘사한 '어린 신들의 장난'이 죽은 이를 산 사람과 어우러지게 하는지도 모르겠다. 슬픔의 최대치인 가족과의 사별은 차

치해놓더라도, 내가 기억하는 깊은 슬픔은 아마도 십수 년 전 배우 최진실의 죽음이었다. 연이은 전 남편 조성민과 동생 최진영의 죽음까지……. 그녀의 어머니는 어땠을까? 감히 헤아리기조차 죄송스러운 생각이 든다. 사회 곳곳에서 일어나는 많은 죽음이 때론 개개인의 삶을 한 번 더 생각하게 만든다.

순리에 따른 죽음이 아니라면, 이승에 한이 맺혀 하늘길에 오르지 못하고 우리를 맴도는 영혼의 들녘에도 봄은 다시 올까? 가끔은 지나치게 아름다웠던 사람, 그리고 티 한 점 없이 너무나도 맑고 착했던 살아 숨 쉬던 그들이 사무치게 그립다.

그들이 천국에서 날 기다린다면, 내가 도착할 무렵엔 풀이 무성한 잔디밭에서 불판 위에 삼겹살을 구우며 수다 소리 가득한 곳으로 날 인도하길 바란다. 착한 사람을 떠나보내며, 훗날 이승에선 나도 그런 한 줌의 기억으로 남길 소망한다. 미야자키 하야오의 애니메이션 〈붉은 돼지〉에 등장하는 대사다. "좋은 놈들은 이미 다 죽었어!"

내 삶의 총아는 나

＊　　　　　　　　　아침에 눈뜬 후 부엌 창으로 보이
는 애월 앞바다의 모습은 정말 아름답다. 서쪽 지역이라 비록
일출 모습은 볼 수 없지만, 수평선 너머로 출렁이는 너른 바
다의 물결만 봐도 장엄한 그 무언가를 느낄 수 있다. 콘크리
트 건물에 둘러싸인 채 사람에 치여 살던 내가 이런 호사를
누리다니! 현실이 믿기지 않을 때도 많다. 뭔가 특별함이 있
는 건 아니다. 눈뜨면 바로 보이는 바다와 해 질 녘 바다 지평
선 아래로 숨어버리는 태양을 볼 수 있다는 정도이다. 이곳에
오기 전 느끼던 불안과 우울은 가끔 이런 광경 앞에서 잠시
해소된다. 이내 현실로 돌아오지만 말이다.

서울에서 직장 생활을 시작하던 무렵이다. 이력서는 내는 족족 떨어지고, 경제적 부침에 처음에는 기약 없이 고시원에서 생활했다. 방안의 창문 유무에 따라 가격이 10만 원이나 차이가 나서 고민 없이 창문 없는 방을 선택했다. 방음은 고사하고 공부를 위한 시설이 아닌, 하루하루 힘겹게 살아가는 노동자의 숙식용으로 만실이 되다 보니 싸움도 흔하게 일어났다. "조용해!", "시끄러워!" 나는 그곳을 벗어날 기약 없이 하루하루 이력서만 썼다. 그러다 눈여겨본 언론사에 떡하니 합격했고 며칠 후 바로 출근하게 된다. 당시 꽤 이름 있는 언론사의 합격은 어깨에 힘이 들어가게 했다. 사내 신분증을 출퇴근하는 지하철에서도 과시용으로 걸고 다녔다.

내 삶

신입사원 시절엔 들뜬 마음에 연말 가요제에 출전해 연예인과 뒤섞여 무대 위에서 팔자에 없는 노래를 부르며 아나운서와 경쟁을 펼친 기억도 생생하다.

지상파 생방송 시사토론 논객 대표로 출연해 장관과 국회의원 앞에서 두서없는 주장을 펼치기도 하고, 해외 유명 기관투자가와 석학을 모시고 포럼을 주도하고, 교수님의 초대로 상아탑 아래 교단에 서서 취업 준비생의 길잡이가 되기도 했다. 기적처럼 나에게 일어난 일들이다.

나는 꿈꿨고 계속 발전하고 창의하고 싶었다. 이 나라 최고의 도시에서 최고는 못될지언정 살아남고 싶었다. 그런데 어느 정도 나아간다 싶더니 어느 순간 기계가 되어 있었다. 선배 눈치를 보고, 다음은 팀장, 부장, 임원……. 이런 식의 끝없는 눈치 싸움과 지능화된 기계의 놀음이 회사 생활의 전부로 느껴졌다. 한국에서 고학력자라는 것은 유명 회사의 순종적인 기계가 된다는 의미가 아닌가 싶었다.

그 사이 대부분은 결혼하고 대뜸 대출을 낀 채 집을 구입해 평생 은행에 월세를 냈다. 은퇴 즈음 대출을 상환하고 젊음까지 세월에 함께 상환한다. 선택지가 딱히 없는 삶의 모순적인 그림이지만 그럴 수밖에 없다며 본인도, 더불어 후세대에까지 그렇게 살라고 부추긴다. 변화는 늘 두렵다. 나 또한 그렇다. 가만히 있으면 본전인데 괜한 도전을 왜 하냐는 것이다.

그래서 언제인가부터 어른-아이 막론하고 공무원이 최고의 직업으로 각광받기도 한다. 그저 어떤 일이 일어날지 모를 내일의 설레는 기대감은 상관없이 먼 세월의 안정과 연금을 목적으로 하는 이도 적지 않다.

나는 공무원도 회사원도 지양한다. 수만 개의 직업군과 문화 속에서 평생 한 곳에 매몰된다는 게 너무 억울해서다. 돈에 관심이 없다는 게 아니다. 내가 서울을 포기하고 고향으로 돌아온 건 기존 벌이의 두 배 이상을 확신하기 때문이다. 이를 기반으로 삶의 질을 어떻게 가꿔가느냐의 문제를 더 말하고 싶을 뿐이다. 자영업을 시작한 이후 어디에도 구속되어 있지 않으니 시간 씀씀이도 참 유연해졌다. 내가 없어도 잘 굴러가는 회사 생활과는 사뭇 다른 활력소도 다분하다. 그래서 해보고 싶은 것(당장 내일이라도 실현 가능한)이 많아졌다.

먼저 인스타그램에 사진 한 장 과시하려는 여행이 아닌 직접 그 나라에 살아보는 여행을 해보려 한다(지금 제주살이처럼 말이다). 다시 한번 기적처럼 사랑하는 이가 생긴다면 미국 서부(샌프란시스코)에서 동부(뉴욕)까지 차로 횡단하고 싶다. 차 안에서의 느낌은 특별하다. 종일 달리며 멋대로 섰다 갔다를 반복할 수 있고 때론 시끌벅적, 때론 고요히 풍경을 즐겨도 된다. 손을 맞잡고 엊그제 본 드라마나 직장 상사를 마구 욕하며 수다 떠는 재미는 덤이다. 다음은 골프 타수를 싱글(81타)로 줄이는 것이다. 골프는 묘한 매력이 있다. 채를 잡고 구멍에 공을 넣는 것뿐인데 어쩜 그렇게 유혹적인지 모르겠다. 적어도 싱글은 쳐야 어디에 명함을 내밀 수 있을 것 같아 적극적으로 레슨을 받으려 한다. 생각나는 마지막은, 강단에 다시 서는 것이다. 어떤 주제로 사람들과 소통하며 교감하는 것은 정말이지 흥미롭다. 곧 탈고를 앞둔 책을 바탕으로 사랑 이야기, 정치, 경제, 스포츠 등 모든 주제를 아우르고 싶다. 나도 영감을 받고 누군가도 나로 하여금 좋은 변화가 일어난다면 뿌듯할 것이다. 그렇다! 결국 내 삶의 총아는 나인데 부모님과 선생님, 사회와 자꾸 타협하며 살아온 건 아닌가 싶다.

이불을 가지런히 정리하고 아침밥을 차린다. 엄마는 여전히 노심초사 아들이 밥은 잘 먹는지 걱정이다. 무슨 전쟁통도 아니고, 먹고 싶은 음식이 너무 많아 고르질 못할 지경이라 해도 이런 걱정은 가시질 않는 모양이다. 가급적 바로 설거지하고 오늘도 뚜벅이로 나설 채비를 한다.

오늘을 기점으로 한 달간 책 한 권을 완성하겠다고 무작정 떠나온 지 정확히 보름의 시간이 지났다. 그간 약 200km의 걸음, 5개의 해변, 6개의 오름, 2개의 박물관을 방문하고 A4용지 200장 분량의 글을 완성했다.

10km쯤 걷다가 마주한 함덕해변 옆 서우봉에 올라 정겨운 사람들에게 반한 내 초라한 연민을 느끼며 내일의 계획을 머릿속에 그려본다. 아니다, 까짓것 가끔은 무계획이 계획일 수 있다. 그 길로 홀로 해변가 펍에 뚜벅뚜벅 들어가 시원한 수제 맥주를 한잔하고 에메랄드빛 바닷가에 발을 담근다. 때마침 폰 스피커에선 가수 듀스의 '여름 안에서'가 흘러나온다. 가끔은 뭇 노래 가사 내용이 내 마음을 잘 대변해준다. '언제나 꿈꿔 온 순간이 여기 지금 내게 시작되고 있는 것처럼...' 말이다. 다시 신발을 고쳐 신고 길을 나선다.

오늘의 우울감은 〈40〉이다. 에메랄드빛 바다에 발을 담그고 있자니 지금이 언제가 꿈꿔 온 순간이 아닐까 생각한다.

◉ ◉ ○ ○ ○

서울 중심에 자리해 4계절 변화를 고스란히 보여주는 남산 산책로와 한옥마을을 낀 우리 회사는 참 축복이었다. 8년 가까이 근무하며 참 많이도 걸어 다녔다. 사표를 제출하고 약 보름이 지난 뒤 국장님의 마지막 만류를 뿌리치고 최후의 산책을 즐겼다. 동료들에게 서서히 작별 인사를 전하고 습관처럼 다음 만남을 기약하지만, 생애 다시 만날 가능성은 요원하다. 과거 대부분의 작별이 그러했듯이 말이다. 회사라는 특수 조직은 서로의 이해관계를 포용하기 어렵고, 저마다 경제적 영달이라는 분명한 목표 의식이 있어 두터운 관계를 유지할 수 있다.

앱을 이용한 집단 커뮤니티의 기술력은 갈수록 힘을 발하지만, 우리의 관계는 갈수록 쪼그라드는 느낌은 어디서나 매한가지다. 눈꽃 떨어지는 날 들뜬 마음으로 입사해, 봄꽃 떨어지는 날 후련한 마음으로 떠난다. 다음은 전사원에게 보낸 마지막 메일이다.

안녕하세요, 임기헌입니다.

이달 25일부로 퇴사하게 되어 부득이 전사 메일로 인사드립니다. 조용히 짐을 싸서 나가려 했는데, 그 또한 예의가 아닌듯하여 짧게나마 인사말 남깁니다. 청춘의 8년 가까운 시간을 이곳 OO 경제 신문사와 함께 보냈습니다. 입사 초기엔 은연중 지나가는 연예인을 보며 놀라기도 하고, 경력이 어느 정도 쌓인 뒤에는 협의차 업계에 정평이 나 있는 기업인, 혹은 정치인과도 만나 좋은 관계를 맺기도 했습니다.

사직의 변이라면, 어떤 시점이 되니 암묵적으로 합의해 놓은 정해진 길보단 어떤 분야가 적성이 맞고 그 일이 가까운 미래에 저와 융화될 수 있을까란 생각이 들었습니다. 실패와 재기가 반복되더라도 눈뜨는 다음 날이 기다려지는 그런 일을 더 늦기 전에 찾고 싶습니다. 아직은 과정 중이지만 결과를 일궈낼 수 있으리란 희망을 품고 회사를 떠납니다.

한 분 한 분 찾아뵙고 인사드리지 못해 죄송한 말씀과 함께 마지막 인사도 전합니다. 좋은 기억과 경험을 잘 버무려 앞날의 자양분으로 삼겠습니다. 건승하시고 늘 건강하시길 바라겠습니다. 그동안 감사했습니다.

임기헌 배상.

이렇게 회사 생활은 끝이 났고, 우울증과 함께 인생 2막으로 향해 뚜벅뚜벅 걸어 나간다.

이별의 매너

* 　　　　　　　　　　비바람이 세차게 몰아치는 날이
면 꼼짝없이 민박집에 갇히게 된다. 우비를 쓰고 외출할 수도
있지만 그런 노력까지 들이기엔 내 의지가 박약해진 지 오래
다. 아침은 오랜만에 라면을 끓여본다. 반찬은 김치 하나. 노
트북을 얹어놓은 밥상에 라면 냄비를 얹자니 그것도 귀찮아
그냥 방바닥에 신문지를 깔고 먹기 시작한다. '나 여기서 지
금 뭐 하고 있지?' 하는 처량함은 잠시 잊은 채로 말이다. 바
람과 합세한 빗소리가 오늘따라 제법 요란하다. 화가 잔뜩 난
파도 소리는 어촌마을의 아늑함을 쓰나미가 곧 들이닥칠 듯
한 긴장감으로 돌려세운다.

커피 한 잔과 함께 책을 든다. 여전히 며칠째 읽는 김형석 선생의 '백 년을 살아보니'이다. 선생의 삶에서도 사랑과 이별이 공존했나 보다. 나 또한 이별의 아픔은 언제나 길고 아프다. 그래서 때론 우리에게 이별의 매너가 필요하지 않을까 싶다. 대개는 이별 후에 아파한다. 불가항력적 슬픔이다. 쿨한 척한다는 건 거짓이거나 그만큼 사랑하지 않았던 방증이다. 이별 후 지질하게 군다는 것 또한 그만큼 감정의 잔재가 남았음을 보여준다. 술 한 잔의 힘을 빌려 남은 미련을 표하든, '자니?'의 닭살 표현의 문자를 보내든, 사회적 범죄 수준이 아니라면 상대를 헤아리고 최소한의 배려를 해줄 지혜가 필요하다. 적어도 깊은 연애 끝 이별을 겪은 관계라면 말이다.

절규

연인은 어떤 사건의 발단으로 다툼을 시작하고, 간혹 작은 다툼은 걷잡을 수 없는 악화일로로 치닫는다. "우리 이제 그만하자!"라는 말과 함께 누구라고 할 것 없이 카톡(SNS)부터 차단한다. 재회고, 화해고, 생각할 겨를 없이 매일 매 순간 붙잡고 있는 게 폰이니 폰 속의 관계를 끊으면 내가 관계의 상위 어딘가를 먼저 선점하는 기분이 드는 것일까? 괘씸죄를 물어서라도 상대를 단죄하고 싶은데, 관계 네트워크의 홍수 속에서 '차단'만큼 효과를 톡톡히 보는 게 없음을 잘 알기 때문이다. 상대를 안달 나게 만들면 그만큼의 승수효과가 본인한테 쌓이나 보다. 그러다 3~4일이 지나 차단을 슬쩍 푼 후에 상대방의 동태를 살피기 시작한다. 혹시나 날 정말 잊지는 않았는지 파헤치려고 상대방의 프로필이나 SNS를 훑는다. 보고 있자면 '참, 쇼 한다'라는 생각이다. 10년 전이나, 5년 전이나, 오늘날이나, 연인들은 헤어진 다음, 이 '쇼'를 하곤 한다.

이별 후 언제고 예외적인 특별한 한 사람(Special One)이 존재하리라 기대하지만, 연애 분야로 사회관계망을 한정한다면 시간이 지나도 매번 똑같다. 공장에서 찍어낸 듯, 쉽게 변하지 않는 습관을 지닌 채 사람들은 다시 사랑하고 이별하는 것이다. 이해나 배려, 대화 따위는 사랑하는 과정에서나 필요한 말이지, 이별 후엔 손바닥 뒤집듯 모든 약속과 달콤한 말은 무용지물이다. 사랑의 감정이 최고조일 때는 '엄마보다 오빠가 좋다.'라며, '오빠 없으면 나도 죽을 거야!'라며 애교 섞인 협박도 했는데 말이다. 결국 우리는 이별하고 서로의 이름도 잊어버렸다. 구질구질하게 변명을 찾지 말자! 모든 이별은 절실하지 않아 헤어진 것뿐이니 말이다. 그리고 더 구질구질하게 이별 뒤 연락이나 정보의 차단으로 애간장 녹이며 장난치듯 상대를 짓누르는 나쁜 매너도 고치는 건 어떨까? 운명론자는 아니지만 반복되는 헤어짐은 마치 운명인 것 같다.

비가 그쳤다. 집 앞 식당에서 칼국수에 막걸리를 한잔하려고 한다. 괜한 이별 생각에 불안과 분노, 후회의 상념이 한꺼번에 밀려온다. 비 갠 뒤의 적막함이 감정을 더 혼란스럽게 만든다. 아침에 한 알 먹은 약의 부작용은 아닐까? 약 없이 감정을 추스르는 날이 올까? 허탈한 기분이 드는 하루다.

오늘의 우울감은 〈80〉이다. 마침 내리는 비와 이별 생각에 조금이지만 마음이 무너졌다. ○ ○ ○ ○ ○

　버스에서 한 어르신이 올라탔다. 버스는 만원이고 앉아있던 나는 눈치 보며 자리를 양보할 참이었다. 한데 앞자리에 계시던 또 다른 분이 일어나 양보를 한다. "곧 내리니 여기 앉으세요!" 하니, 상대 어르신은 본인도 얼마 안 가 내린다며 되려 거절한다. 그렇게 실랑이가 시작되었는데 목소리가 점점 커진다. "아니, 거참 안 앉아도 된다니까 왜 난리슈!" 하며 그 어르신은 결국 두 정거장 가서 내렸다. 버스 안에 남은 승객들은 어리둥절해 서로 바라본다.

　배려와 이해에서 비롯된 오해의 한 끗 차는 이토록 다른 결과를 낳는다. 선의를 행한 내 앞좌석 손님은 그날 하루 종일 버스에서의 황당한 기억이 상흔으로 남을 수 있다. 반대로 고성 치며 내린 어르신은 아무렇지 않은 듯 하루를 지낼 것이다. 나는 중재할 수도 있었지만 마치 '대인기피증'처럼 사람과 관계를 가까이하기 싫었다. 앞으로 '불의를 보더라도 이제는 개입할 수 있을까?' 하는 우려가 드는 것도 사실이다. 우울증을 치료하며 스스로 점점 더 '나는 환자니까!' 하는 자의식에 사로잡혀 합리화하는 경우가 적지 않다.

　행복하면 하루가 너무 짧고 불행하면 하루가 너무 길다. 치료받으며 후자의 느낌은 지금도 진행형이다. SNS를 통해 타인의 삶을 염탐하다 나와의 비교우위를 살피는 버릇이 생겼다. 함께하는 가족의 모습, 다투고 애교 부리는 연인의 모습, 자신의 일에 열정 가득한 직업인의 모습에서 말이다. 나도 한 구성원이거나, 주인공일 때가 있었는데 지금은 스스로를 실패자로 낙인찍어버렸다. 무얼 해도 불행하다는 생각이 지배적이다. 하루 계획이 알차도 이후에는 공허하다. 나이 들면 보잘것없는 내 주위엔 누가 남을까? 그땐 더 의미 없을 것 같은 하루의 시간을 무엇으로 채울까? 이제 다시 결혼하기에도, 가정을 꾸리기에도 늦었고 자신감은 밑바닥을 치는데 말이다. 담당 의사 말대로 지금의 새로운 경험과 혼자 있는 시간이 필경 유의미한 무언가로 다가올 수 있을까? 힘이 든다.

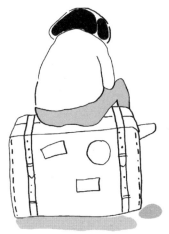

외돌개의 마음을 담아

* 　　　　　　　　　어제는 늦게까지 원고 작업을 하고 잠이 오지 않아 수면제를 한 알 먹었다(그래도 금방 잠들진 못했지만 말이다). 웬만하면 정신과 약은 자제하려고 노력 중이다. 감정이 크게 요동쳐도 견뎌내는 것 또한 의미 있는 생각이 들어서다. 자는 둥 마는 둥, 아침 일찍 일어나 오늘은 제주도 남쪽 지역으로 나갈 채비 한다. 어제 내린 비로 대지와 밭이 촉촉이 젖어 아침 풍경은 더 선명하게 눈에 들어왔다.

　지도에서 봤을 땐 몰랐는데, 직접 버스를 타고 걸어서 이동해보면 제주가 얼마나 큰지 새삼 느낄 수 있다. 지내고 있는 애월에서 다른 지역으로 이동하자면 버스로 기본 2시간 소요가 되니 버스에서 보내는 시간도 만만치가 않다. 서귀포 어딘가에 하차해서 지도를 펴고 외돌개를 찾아 걷기 시작했다. 가는 길목마다 만나는 공원이나 하천은 나처럼 뚜벅이 이방인에겐 또 다른 즐거움이다. 유명 목적지만을 관광하는 보통 여행과는 분명 다른 묘미가 있다.

외돌개

바다 한복판에 홀로 우뚝 솟아 있어서 '외돌개'라 불리는 그곳에는 두 가지 전설이 내려온다. 하나는 고려 말기 최영 장군이 범섬으로 도망간 이들을 토벌하기 위해 외돌개를 장군의 형상으로 치장하고 격전을 벌였는데, 적들이 외돌개를 대장군으로 알고 놀라 스스로 목숨을 끊었다는 설(說)이다. 또 하나는 한라산 아래 할아버지와 할머니 부부가 살았는데, 어느 날 바다에 나간 할아버지가 풍랑을 만나 돌아오지 못하자 할머니는 바다를 향해 하르방을 외치며 통곡하다 바위가 되었다는 설(說)이다. 두 가지 모두 의미가 있지만, 왠지 외롭게 서 있는 외돌개를 바라보자니 하르 방을 기다리는 할머니의 모습이 반추되었다. 나라의 얼이 새겨진 듯한 외로운 독도를 바라보면 알 수 없는 눈물이 흐르듯이 외돌개를 바라보는 마음 또한 그와 별반 다르지 않았다.

수만 년의 시간을 외로이 서 있는 외돌개를 바라보며 외로움의 끝과 시작을 생각한다. '내가 널 사랑할 리 없어!' 하며 자조 섞인 과거의 마음에 쌓인 불순물도 말끔히 씻는다. 장엄한 외돌개 앞에서 한참 서서 고민에 휩싸일 무렵 옆의 한 노부부께서 사진 좀 찍어 달라며 폰을 건넨다.

노부부   사진 좀 부탁해도 괜찮겠어요?

나   그럼요. 저기 앞에 서시면 될 것 같아요.

노부부   젊은 사람 혼자 여행 오셨나 봐요?

나   (머리를 긁적이며)

         아…, 네! 하하! 좋은 시간 보내세요!

급하게 자리를 떴다. 젊은 연인을 보면 잠시 부러움이 들지만, 흰머리 지긋한 노년의 부부가 손잡고 다니는 모습은 인생의 바람직한 이정표를 보는 것 같다. 나도 그렇게 살아보려 40년간 부단히 노력하고 애썼지만, 결국엔 안 됐다. '더 좋은 사람 만날 거야!' 하는 누군가의 희망 고문은 한낮 고문일 뿐이다. 단순하다. 애써도 안 되는 건 일찌감치 포기하는 지혜가 왜 부족한 걸까? 그래도 사랑의 총량은 마르지 않는 샘물처럼 여전히 마음 어딘가에 서려 있으니 살아생전 어딘가에 계속 공급해야 하지 않을까 싶다. 이번 제주도 일정이 끝난 뒤 집으로 돌아가면 반려동물을 키울지, 혹은 어떤 봉사의 의미로 여행과 글을 써볼지 등 실현 가능한 생각을 품어본다.

논어에서 '애지욕기생(愛之欲其生)'이라 했는데, '사랑은 사람을 살아가게 한다'라는 뜻이다. 내 삶의 원천인 마지막 사랑인 엄마와 얼마 남지 않은 시간을 생각하니 문인수 시인이 쓴 〈하관〉 중 한 구절이 생각난다. 돌아가신 어머니를 땅에 묻으며 그는 말했다. "이제, 다시는 그 무엇으로도 피어나지 마세요. 지금, 어머니를 심는 중……." 유나히 외로워 보이는 외돌개를 뒤로하고 다시 길을 나선다.

오늘의 우울감은 〈30〉이다. 외돌개의 마음을 빌려 우울함을 잠시 나눠서 그런가 보다.

○ ○ ○ ○ ○

하루하루 원고를 쓰며 생각해 본다. 지금 쓰는 글은 '에세이'이다. 에세이라 함은 기본적으로 작가 본인의 경험이나 생각을 잘 우려내 글로 담는 것이다. 그러다 보니 자기검열이 심해지고, 때에 따라선 '이 이야기를 써도 될까?' 하는 고민에 잠기기도 한다. 다양한 경험이 좋은 소재로 작용하기도 하지만, 지나치면 과유불급이 된다. 그래서 지금 하려는 '이혼' 이야기도 고민이 많이 된 건 사실이다. '굳이 쓸 필요가 있을까?' 하며……. 그래도 용기 내어본다. 독자가 가장 원하는 건 아마도 작가의 진솔한 이야기가 아닐까?

의도적으로 떠들 일은 아니지만 미필적 고의인 마냥 숨기는 행태도 아닌 것 같다. 내게 이혼은 너무 짧은 기간에 실패를 느끼고, 충격의 여파는 오롯이 가족의 몫으로 남겨진 것이다. 많은 분을 모시고 식장에서 서약하고, 귀한 주례 선생님께 다짐했는데 결국 나의 철없음에 기인해 다 망쳐버렸다. 어떻게든 끝까지 책임지고 싶었으나 내 그릇의 크기는 한 줌 끄

나풀에 불과했을 뿐이다. 이혼하고 누군가를 만나면 "이제 아이 가질 때 안됐니?" 하는 물음이 자연스레 다가왔다. 그럴 때마다 나는 "네, 이제 뭐 슬슬 그래야죠!" 하고 애써 지나쳤다. 아마 그 친구도 그러하리라 짐작해 본다. 그러다 보니 잠자코 있는 것보단 빠르게 각자의 자리로 돌아갔으면 하는 마음에 SNS에 공개적으로 글을 올렸다. 명절이 다가오는 터라 또 얼마나 '착한 거짓말'을 해야 할지 엄두가 안 나기도 했다. 그렇게 조금씩 정리가 됐고 우린 각자의 자리를 찾아갔다. 대체 '좋은 사람'의 기준이 무엇인지 알 수 없지만, 흔히 말하는 어딘가에 있을 좋은 사람을 다시 만나거나 아니면 결혼 이전의 삶을 갈구하며 제 자리를 찾아가려 노력하며 살아갈 수도 있다. 더불어 좋은 이별이란 어디에도 없지만, 잠깐의 가족이란 인연은 소중했고, 죄스러운 마음도 함께 들었다. 지켜가지 못한 내 능력에 대한 한계와 멸시감도 느끼며, 각자의 삶에 서로가 한치의 오점으로 남지 않길 소망하기도 했다.

이후 나는 신혼집으로 살 요량이던 큰 아파트에 홀로 이사와 짐을 풀고 또 다른 나날을 살아가기 시작했다. 짜장면도 사 먹고, 랍스터가 생각나면 수산시장에도 들르며. 방 한편엔 서재를 만들어 자유자재로 글을 쓰고 보고 싶은 책도 쌓아놓고 마음껏 읽는다. 그러다 잠이 오면 책상에 엎드려 잠들고 말이다. 결국 내 삶의 주체는 나인데 결혼이란 제도 안에서 또 타인의 삶을 살았던 건 아닌가 싶다. 가정과 사회에서 강요하니 성급하게 제도권 내에 진입하려 속도를 냈고, 그 결과는 자충수가 되어 돌아온 것 같다. 선택은 책임이 따르지만 '나만의 선택과 책임이었을까?' 하는 의구심도 든다. 다만 책임지는 자세는 결코 잊지 않으려 한다. 최고는 아니지만, 서로에게 있어 최선의 선택이었고 우리는 각자의 방식으로 책임지며 살기로 했다. 다만 양가 어른께 평생 죄스러움을 간직하며 진심을 담아 반성과 사죄의 말씀을 드리고 싶을 뿐이다.

노을에 보내는
굿바이 키스

19 Day

✻   제주 4.3 사건에 관해 가까운 지

인의 이야기를 들어보고 싶었다. 수소문 끝에 관련 일을 하시

는 한 팀장님을 서귀포 어귀에서 만날 수 있었다(*4.3 사건은

1948년 4월 3일부터 시작돼 무려 7년 7개월간 이어진 남로당 무장

대와 미 군정, 국군, 경찰 간의 무력 충돌과 그 진압 과정에서 무고

한 제주도민이 희생당한 사건을 말한다). 근현대사 최악의 비극

인 4.3 사건에 관해 제주 사람은 어떻게 생각하고 있는지 궁

금했다. 육지인과의 간극이 그로 기인해 좁혀지지 않는지도

말이다. 함께 식사하고 한 시간여 동안 커피숍에서 이야기를

나누었다. 팀장님과의 대화를 간단히 옮겨본다.

나　　예전부터 이 사건에 대해 관심이 많았습니다. 이번 에세이 말고도, 소설도 하나 쓰는데 거기에도 내용이 좀 필요해서요. 이렇게 만나주셔서 감사드립니다.

팀장　때마침 시간이 괜찮네요. 아는 한도 내에서 말씀드릴게요.

나　　감사합니다. 제가 알기로는 4.3 사건이 대중에게 알려지기까진 꽤 오랜 시간이 걸렸잖아요. 과거 독재 정권 때부터 문민정부 시절까지도 사실상 이 사건을 언급하는 건 금기사항으로 치부되었던 것으로 알고 있어요. 이후에 노무현 대통령께서 제주까지 오셔서 공식적으로 사과했죠. 현지인의 반응은 어땠나요?

팀장　말씀하신 대로 당시 제주도민을 빨갱이로 취급하고 수만 명을 학살한 게 이 사건의 본질이에요. 그것도 엄밀히 따지면 정부에 의한 학살이죠. 이후 정권이 여러 차례 바뀌면서 이 사건에 대한 언급을 피했던 점도 사실이고요. 그러다 보니 저희는 정부에 대한 불신, 더 나아가 육지인에 대한 분노로 이어진 것이 아닌가 싶어요.

나　　지금도 정치권에서는 논란이 조금 있는데요. 보수는 4월 3일이 빨갱이 김달삼이 무장 폭도를 이끌고 제주 경찰서를 습격했던 날이며 제주 도민이 무고한 죽임을 당한 날과는 아무런 연관 없다고 주장하죠. 진보는 국가권력이 가한 폭력의 진상을 밝혀 억울함을 풀어야 한다고 약속하고요. 이런 상황에 관한 도민의 입장은 어떤가요?

팀장　　당연히 국가폭력이라고 보죠. 사건의 본질은 무고한 양민 학살에 초점을 맞춰야지 않습니까?

나　　지금도 당시 생존자인 아이들은 노인 연령이 다 되었는데, 그분들이 바라는 점이 있다면 무엇일까요?

팀장　　당연히 아무래도 정부 주도의 진실규명이죠. 그리고 보상 문제도 해결돼야 하고요. 5·18 민주화운동, 4·19 혁명, 6월 항쟁과 같이 명칭도 공식화해 명명돼야 함은 물론이고요. 그분들도 이제 나이가 드신 터라 생존해 계실 때 정치권에서 조속히 해결해 주길 바라고 있습니다.

나　　일각에서 도민이 여전히 육지인과 심적인 간극이 있

	는 게 4.3 사건과 연관이 있다고 보는데, 그런가요?
팀장	사람마다 다르지만, 전혀 무관하다고 할 수 없겠죠. 당시 인구의 1/10이 무자비하게 희생되었고, 100여 개에 마을이 불타서 사라졌습니다. 제주에 사는 누군가의 집안에 먼 친척 중 최소 한 사람은 희생되었다 해도 무방할 거예요.

30분 정도 이야기가 지속됐고, 팀장님만 아신다는 아무도 찾지 않는다는 어느 바닷가로 차를 타고 향했는데 그야말로 고요했다. 그 흔한 새도, 나부대는 풀잎의 속삭임마저도 멈춘 듯했다.

노을

　　　　　　　　반대편으로 땅거미 지는 노을에 휘감긴 한라산 백록담의 모습이 또렷하게 보였다. 이대로 '시간아 멈춰라' 하며 잠시 소망해본다. 뭐랄까. 노을 지는 하루의 순간이 반성과 후회의 잉태를 가져오는 것만 같았다.

사미에게 스승이 묻는다.

스승　　사미야, 왜 그리 슬퍼 우느냐?

사미　　스승님, 사라져 가는 노을이 안타까워 웁니다."

스승　　그렇구나. 그러나 어쩌겠느냐? 잡지 못할 것이거든
　　　　미련을 버려라.

이는 먼 산을 보고 슬피 흐느끼는 사미와 노승의 문답이다.

금세 저버리는 노을을 보고 흐느끼는 사미처럼, '난 이 세
상에서 사라지면 어디로 갈까?' 하는 근원적인 물음에 슬퍼
진다. 대지를 화사하게 물들인 꽃밭일까? 오물과 비름으로
가득 찬 개똥밭일까? 지금 호사를 누리며 책을 쓰고, 경제활
동도 하지만 이것이 다 무슨 의미일까? 늙어가는 나이와 죽
음이 결국 다 삼켜 버리는데 죽음이 끝일까? 아니라면 종교
인의 확신처럼 천국이나 윤회를 통해 또 다른 삶을 살아가는
걸까? 평생을 어쭙잖게 살면서 시시콜콜했던 게 삶이란 걸
알면서도 또 이와 같은 삶을 살라 하면 반가울까?

글쎄다. 행복의 이면, 기쁨의 이면, 이처럼 좋은 순간에도
난 평생을 이면 속 속살을 많이 봐서 염라대왕이 환생의 기회

를 준다 해도 거절할 것만 같다. 이젠 정말이지 끝이 가급적 빨리 다가왔으면 좋겠단 생각도 든다. 누구도 아프지 않게, 너무도 자연스럽게 온다면 제일 좋겠다.

제주의 밤 노을 지는 이 순간이 참 좋다. 자기 몸집만 한 첼로를 든 학생이 버스에서 쏟아지는 잠을 이기지 못하고 잠든 모습도 특별하게 다가온다. 노을빛이 수놓은 제주 바다를 보고 있자니 알 수 없는 눈물이 하염없이 흐른다.

돌아가신 아버지가 보고 싶어서도, 어머니가 그리워서도 아니다. 사라져 가는 노을이 슬퍼서 눈물이 멈추질 않는 거라고 애써 생각해야겠다. 누가 볼까 창피해서 혼자인 게 참 다행이다 싶다. 노을에 굿바이 키스를 보내며, 오늘 환대해 준 바닷길을 따라 다시 뚜벅뚜벅 길을 나선다.

오늘의 우울감은 〈60〉이다. 여전히 마르지 않은 제주의 눈물을 다시 한번 곱씹어 본다. ● ● ● ○ ○

살아가며 옛 현인의 촌철살인이 녹아있는 말이나 속담이
한결같이 들어맞는 경우가 있다. 예컨대 '사촌이 땅을 사면
배가 아프다'라는 속담이 그렇다. 여기서 사촌은 가까운 친지
를 넘어 가족, 지인 등 범주를 확대해서 해석해도 될 것 같다.
과거 학창 시절이나 회사 시절, 유독 누군가의 '잘됨'이 내게
시기 어린 질투로 다가왔다. 나와 비등하지 않은 모든 게 못
마땅했다. 물론 겉으로는 '축하해!' 하며 너스레를 떤다.

어릴 때도 매한가지였다. 한 살 터울의 누나가 있는 터라
늘 경쟁의 대상이었다. 엄마가 라면을 끓여 똑같이 반을 나눠
도 늘 누나의 라면이 더 많아 보여 생떼를 부렸다. 이런 시기
의 감정은 비단 내게만 발현되는 것일까? 지금 자영업을 하
며 근처 가게 사장님들과 친하게 지내지만, 매출이 확연히 차
이 나면 마음이 괜히 상한다. '내가 더 잘 돼야 하는데…….'하
며 이기적인 마음이 여과 없이 드러난다. 왜 조금 더 너그럽
게 살지 못할까? 40년 동안 쌓아 올린 생각의 굳은살을 지금

에 와서 도려내자니 쉬운 일이 아니다. 여전히 누군가가 땅을 사면 배가 아프고, 나의 능력 밖이라면 노심초사 시기하고 멋쩍은 웃음만 지어 보인다.

공자가 천하를 유랑하던 시절에 있었던 일이다. 진나라와 채나라 사이에서 어려움을 당해 7일 동안 굶었다. 겨우 곡식을 얻어온 제자가 밥을 짓다 몰래 숟가락으로 떠먹는 것이었다. 공자가 그 광경을 보고 훈계했다. 제자의 대답은 이러했다. "밥을 짓다 솥뚜껑을 열었더니 그을음이 떨어졌습니다. 버리기가 아까워 그곳을 조금 떠먹었습니다." 제자의 말을 들은 공자는 아차 싶었다. 그 후 설혹 자기 눈으로 봤어도 모두 진실로 믿어선 안 된다고 제자들을 가르쳤다. 나도 보이는 것의 내면은 간과한 채 너무 단순하게 세상을 바라보는 거 아닐까 생각해 본다.

깜빡깜빡,
그리고 반짝반짝

20 Day

＊   어제는 거의 15km를 걷고 술도 걸쭉하게 마시고 잠든 터라 아침에 쉽게 일어났다. 갑자기 엄마가 해장하라고 끓여주던 콩나물국이 그리워지고, 속이 매스꺼우면 이용하던 집 근처 단골 국숫집이 생각났다. 몸이 허기지니 마음도 자연스레 축 처지는 기분이다. 괜스레 아침부터 우울해져 다시 이불속으로 들어갔다 나오기를 반복했다.

대충 라면을 끓여먹고 오늘의 부대낌을 해소해야지 싶어 제주도의 유명 숲을 찾아본다. 비자림, 한림공원, 절물 자연휴양림 등. 나는 숲 안에 오름도 있는 절물 자연휴양림을 점찍고, 얼른 채비하고 나섰다. 5월의 제주답게 날씨도 청아하고, 평일이라 관광객도 크게 붐비지 않아 여기저기 둘러보기에 안성맞춤이었다.

제주의 숲은 언제나 특별하게 다가온다. 육지에서 볼 수 없는 우뚝 솟은 삼나무와 뿜어져 나오는 피톤치드로 왠지 머리가 맑아지는 느낌이다. 삼나무가 워낙 광범위하게 펼쳐져 있어 공기의 질도 사뭇 다르다. 아마도 나무가 이산화탄소를 저장하고 산소를 생산하는 기능을 하니 면적이 넓을수록 공기의 질도 더 세심하게 다가오는 느낌이다. 너른 숲을 배경으로 사람들은 사진을 찍기에 바쁘다. 나도 이따금 셀카도 찍고 멋진 풍경을 영상으로 담아본다.

깜빡, 그리고 반짝

그러다 10년 전 한 친구와 바다 건너 여행 갔던 생각이 났다. 그 친구도 사진 찍는 것을 좋아하고 다리가 길어 보이거나 얼굴이 작게 보이게 포토샵도 즐겨 애용했다. 그 친구의 한마디가 문득 기억에 스친다.

"오빠, 지금 우리가 보는 광경을 눈으로 찍어봐. 나 따라 해봐! 깜빡깜빡하면서 요렇게⋯⋯. 그럼 나중에 오빠도 외롭거나 힘든 순간이 오면 이 멋진 광경이 생각날 거야. 사진은 구석에 처박아두는 경우가 많아서 잊히는데 이렇게 눈으로 찍어두면 오래 기억날 거야!" 하며 취기로 촉촉해진 눈가를 비볐다. 그 친구는 아마도 내 처지가 지금 이 지경이 될 걸 미리 예견이라도 한 것일까? '외롭거나 힘든 순간이 오면 생각날 거야.'하고 예지력이 빛을 발하는 것 같다. 그때 배운 '눈 깜빡임'을 나는 여전히 어딘가 새로운 곳을 가면 활용한다. 사진을 찍기보단 가만히 서서 지금 여기의 공기와 광경을 눈과 체온으로 담으려는 버릇이 아마 그때부터 생겨난 게 아닌가 싶다. 그래서 이제 얼마 남지 않은 제주에서의 시간을 눈에 많이 담으려고 한다. 제아무리 힘든 날이 다가와도 오늘을 추억할 수 있도록 말이다. 버스에서 스쳐 지나가는 모든 피조물도, 비 오는 애월 앞바다의 아늑한 숨비 소리도, '이 순간이 마지막이겠지?' 하는 생각으로 슬프게 담아본다.

어제 새벽엔 근심이 응어리졌는지 잠이 오지 않아 집 앞 바다를 동틀 녘까지 한참이나 산책하며 참 많이도 눈을 깜빡거

렸다. 저 멀리 오징어잡이 배와 밤하늘의 별은 나에게 답장이라도 하듯 빛을 '반짝반짝'거리며 응답한다. 이 순간이 참 오래 기억될 것 같다. 제주에서의 또 다른 세상은 나에게 믿을 수 없는 나날이 되어가고 있다.

오늘의 우울감은 〈30〉이다. 숲의 기운이 마음을 조금 정화한 기분이다. ◉ ◎ ○ ○ ○

'남녀 간에 친구가 될 수 없다'라고 말하는 사람도 있지만 나는 여전히 두어 명이 있다. 서울에 있을 때부터 편한 사이였다. 광화문 거리나 가로수길을 함께 거닐기도 하고, 때론 북한산에 올라 시원한 막걸리를 함께 하기도 했다. 가끔 '여사친'이라 불리는 동생과 꽤 오랜 시간 통화하곤 한다. 본인도 사회생활이 힘에 부치는지 퇴근길에 종종 전화를 걸어온다. 좋단다. 이렇게 편하게 하소연하고 통화하는 누군가가 있어 그저 좋다고 한다. 예전처럼 어느 햇살 좋은 날 같이 한강 둔치에 앉아 한없이 얘기하며 소주도 한잔하잔다. 이제는 그러기가 참 힘들어졌지만 말이다.

고향에 돌아온 지 5년 차. 발전도 경쟁도 없는 삶의 연속이다. 한 번의 결혼 실패와 연이은 연애의 실패도 마음을 심란하게 만든다. 경쟁이 없다 보니 이곳 사람은 모두가 자가당착 혹은 자기 잘난 맛에 사는 경향도 또렷하게 보인다. 경제적 궁핍도 없다. 부모가 보릿고개 시절부터 열심히 농사짓고 장사해 어느 정도 경제력은 갖추고 후세대까지 그 부가 이어지는 경우가 꽤나 많다. 유명 대학과 기업이 없으니 자연스레 학구열은 전무하다시피 하다. 인구는 매년 줄고, 지역사회 구성원은 점점 보수화되어 이해보다는 상대에게 군림하려는 성향이 질어지고 있다. 매일매일 혼자 발버둥 치는 이런 삶에 무료함이 금세 찾아왔다. 과거엔 암묵적인 경쟁 상대가 있으니 나의 위치가 어느 정도 가늠됐다. 한데 고향에서의 삶은 그렇지 않아 참 슬프다. 조금 냉정하게 표현해 제 잘난 맛에 살고, 제 뜻이 안 먹히면 계파를 조성하거나 고집 피우며 고래고래 소리나 지른다. 그런 기류가 너무나도 흔해 갈피 잡기도 참 어려워졌다.

이런 각자의 하소연으로 '여사친'과 한참 통화하고 나면 조금은 후련해진다. 그래도 서로 각자의 삶 속에서 또 열심히 살아가 볼 일이다. 따뜻한 봄날, 울창한 숲에서 모닥불 피워 놓고 다시 만날 그날을 그리며 말이다.

올레길의 시작에서
실패를 생각하다

＊　　　　　　　　서울의 몇몇 후배는 사업을 시작
해 수십억의 투자유치를 받으며 종종 언론이나 TV의 인터뷰
에 등장한다. 그 친구를 보면 때론 상대적 결핍 혹은 빈곤을
느낀다. 내 상황이 이렇듯 누군가를 동경의 대상으로 바라보
고, 또 누군가에겐 내 현재 상황이 목표가 되기도 한다. 그만
큼 세상은 실재하지 않는, 상대적이란 것이다.

　불혹의 나이가 되자 학벌이나 지식, 인간관계보다 개인의
자유에 보다 가치를 두게 된다. 과정을 빼고 결론만 보자면
나는 결혼생활도 실패, 연애도 실패, 언론사에서의 회사 생활
도 실패, 각자 가정을 꾸려 자연스레 풀뿌리 사이가 된 친구

관계도 실패, 즉 사회 구성원으로서 기본적으로 갖출 자세나 면모에 있어 절대적으로 실패한 인생이 되어버렸다. 모두 자업자득이다. 어디서부터 잘못된 걸까? 누군가는 여전히 직장 경력이 아깝다며 돌아오길 채근하기도 하고, 또 누군가는 자본을 지원할 테니 사업 아이템을 내놓으라고도 한다. 젊은 시절엔 공무원 시험이나 토익/텝스 등 공인 영어시험을 대리 응시해달라는 범죄의 유혹도 있었다. 요즘 생각하건대, '그저 어딘가에 이익이 되는대로 이끌려 살아왔다면 인생이 조금은 나아졌을까?' 하는 생각이 든다. 아닌 게 뻔히 보여도 다수에 순응하며 살아왔다면 지금쯤 가정도 꾸리고 남들 보기에 멀쩡한 삶을 살았을까? 알 길이 없다. 다만 내가 갈림길에서 최선의 결정을 하며 살아온 것만은 확실하다.

　마흔 살. 어디에도 흔들리지 않는 불혹(不惑)이라 했거늘. 새벽녘 정처 없이 생각이 떠도는 걸 보니 지금도 흔들리나 보다. 그래서 생활 패턴을 획기적으로 바꿔볼 요량이다. 그 시작으로 고양이를 키워볼 생각이다. 혼자 사니 별생각이 다 들어 안 되겠다. 야옹이가 내 삶을 다시 한번 다잡아 주길 바라며. 밥만 주면 싸울 일이 없으니 이보다 좋은 관계는 없을지도 모른다. 그렇게 내 나이 오십 살, 하늘의 명을 깨닫는 지천명(知天命)을 기다리며 살아가야 할지도 모르겠다.

올레길

오늘은 제주 올레길의 시발점인 1코스를 향했다. 올레에서 가장 먼저 열린 길(코스)이다. 작은 마을의 돌담길을 따라 말미오름과 알오름에 오르면 성산일출봉과 우도, 조각보를 펼쳐놓은 듯한 들판과 바다가 한눈에 보인다. 오름을 내려와 다시 도로를 따라 한참 걷다 보면 제주도 동쪽 끝 마을이라는 종달리에 다다른다. 소금밭으로 유명한 종달리 마을을 거쳐 시흥리 해안도로를 지나면 수마포 해변에서 다시금 성산일출봉이 눈 앞에 펼쳐진다. 길이 끝나는 광치기 해변에는 담백한 바닷바람이 코스의 끝을 알려주는 것만 같다. 1코스를 걷는 내내 곳곳에서 "파이팅!"하는 목소리가 들려왔다. 관광객인지 제주도민인지는 확실하지 않지만, 내 차림새가 등산복장이니 올레꾼임을 알아차리고 응원의 목소리를 보내준 게 아닌가 싶다. 15km 이상 걷는 건 쉬운 일이 아니다. 더군다나 코로나 시국에 마스크 착용이 의무화되어 숨 쉬는 것조차 힘들었다. 그즈음 들려오는 누군가의 "힘내세요."라는 한마디는 사막의 오아시스처럼 큰 힘이 됐다. 작지만 여운이 큰 한마디가 그리운 요즈음, 알 수 없는 그분에게 감사의 말을 전하고 싶다.

오늘의 우울증 지수는 〈60〉이다. 걸으며 잡생각이 너무 많아 우울함과의 싸움이 지속되는 하루였다. ●●●○○

몇 달 전 미국의 김유진 변호사가 쓴 '나의 하루는 4시 30분에 시작된다'를 읽고 무작정 따라 했다. '어떤 방식으로든 내 삶이 조금은 더 건강해지겠지!'하는 생각에 말이다. 그런데 쉽지 않다. 더 솔직하자면 도무지 피곤해서 안 되겠다. 현실과 조금 타협해 5시에 일어나는 걸로 스스로 합의(?)를 봤다. 두 시간은 음악과 함께 책을 읽고, 두 시간은 글을 쓰고, 힌 시간은 운동하고 출근하는 패턴이다. 꽤나 괜찮다. 익숙해지니 남보다 하루에 2~3시간 정도 잉여시간을 공짜로 할당받은 기분이다.

오늘은 요즘 젊은이들의 인터넷용 짧은 글귀를 찾아보며 최신 트렌드에 뒤처지지 않도록 발버둥을 쳐본다. 어느 남녀의 사랑 이야기가 마음을 따뜻하게, 혹은 눈물을 흘깃하게 만든다. 휴대폰 스피커엔 유재하의 '가리워진 길'이 흐른다.

사랑하는 두 연인이 있었다. 어느 날 여성은 남성에게 내기 하나를 제안한다.

여자   우리 내기 하나 할까?

남자   무슨 내기?

여자   음…, 우리 딱 하루만 연락 안 하고 지내볼까?

남자   에이~ 그 정도야 쉽지 뭐!

여자   그래놓고 한 시간 뒤에 전화 오는 거 아냐? 만약에 네가 이기면 원하는 소원 하나 들어줄게!

남자   진짜지? 오케이~ 좋았어!!

남자는 종일 애가 탔다. 여자 친구와의 내기대로 남자는 그녀에게 문자 한 통 하지 않고 기다렸다. 물론, 남자는 여자가 폐암 말기로 살 수 있는 시간이 24시간밖에 남지 않았다는 사실을 몰랐다. 다음날, 내기에 이겼단 생각에 신이 난 남자는 아침 일찍 여자 친구네 집으로 달려갔다.

　남자　　봐, 이 정도야 식은 죽 먹기지?

　남자가 주체할 수 없는 눈물을 흘리며 말했다. 남자는 흐르는 눈물을 닦지 않았다. 그리고 그녀의 묘소 앞에서 그녀가 직접 쓴 편지를 읽고 또 읽으며 하염없이 눈물을 흘렸다.

　여자　　잘 참아냈네! 앞으로도 잘 참을 수 있지? 사랑해!

나비의 비행

＊　　　　　　　　　제주공항은 2분마다 한 번씩 비행기가 이착륙한다. 국내선뿐 아니라 국제선까지 한 군데로 집약되니 관광도시 제주에선 그럴 만도 하다. 오늘은 공항과 가까운 용두암을 둘러보고 근처에서 얼큰한 고기국수를 한 그릇 먹고 한 오름에 올라 한참을 멍한 표정으로 활주로를 본다. '저 큰 물체 덩어리가 대체 어떻게 날지?' 하는 근원적인 의문을 품은 채…… . 이론적으로 가능하다 치더라도 실제 눈으로 보고도 믿기 힘든 게 비행기가 하늘로 향해 뜨는 순간이다. 어마어마한 배가 물에 뜨는 것도 마찬가지다. 이 영역은 지구의 천재들이 모두 해결했으니 나는 한참을 누워 내 영역

을 생각한다.

1906년 라이트 형제가 '나는 물체'인 비행기를 최초로 개발하기 이전에도 인간의 하늘을 날고 싶어 하는 욕구는 무한히 꿈꾸고 있었다. 조선시대나 세계사 기록에도 곳곳에서 여러 정황을 찾아낼 수 있다.

비행

이제는 세계 어느 곳이든 비행기를 타고 이동할 수 있다. 여타 외국을 가보지 않은 이를 찾기 힘들 정도다. 비행기 시장의 경쟁도 심화돼, 어느 순간부터는 저가 항공사가 등장해 대중교통에 비례한 가격으로 가까운 곳을 갈 수도 있게 된 건 물론이다. 나는 가끔 꿈꾼다. 아주 원초적인 꿈이다. 높은 산에 올라가서 낙하산을 타고 뛰어내리는 패러글라이딩? 혹은 줄 하나에 의지해 높은 곳에서 뛰어내리는 번지 점프? 이런 식으로 사람이 인위적으로 만든 장치를 이용해 하늘을 잠시 잠깐 유영하는 방법은 다양하다.

한데 그보다는 조금 더 진일보된 방법을 생각해 봤다. '떴다 떴다 비행기'의 노랫말처럼, 비행기를 그려보게 된다. 어딘가 여행 갈 때 흔히 이용하는 큰 여객기가 아닌, '경비행기 정도면 내가 현실적으로 조종사 자격을 취득하고 운행할 수 있지 않을까?'라고 생각해 본다. 가급적이면 현실적으로 실현 가능한 꿈을 말이다.

경비행기 옆자리엔 세상에서 제일 사랑하는 사람을 태운다. 활주로를 이륙해 노을 지는 수평선을 지나며 나는 마이크로폰으로 이야기한다.

"This is captain speaking, let's keep loving beyond horizon(기장입니다. 저 지평선을 넘어 앞으로도 계속 사랑해요 우리!)"

꿈이 현실이 되도록 내년에는 부디 코로나 집단 면역 체계가 형성되길 바란다.

코로나로 반백살이 되기 전까지 50개국을 가겠다는 다짐은 보기 좋게 뭉개진 것 같다. 해외살이에 대한 갈증과 지구촌 구석구석의 보고 듣지 못한 많은 문화가 그립다. 차선책으로 과거의 단 한 나라를 추억한다면 단연 호주이다. 일상에서의 여유와 도심 속 공원에서의 로맨스, 그리고 멍하게 바라본 오페라하우스 앞에서의 노을이 애잔하게 기억된다. 생각해 보면 나비가 나빌며 서성이는 그곳은 항상 꽃이 무성했다. 꽃 내음 가득하며 산들바람이 어디선가 불어와 나비의 날갯짓에 영혼을 불어넣는다. 바람에 몸을 싣고 자유로이 비행하는 나비처럼, 먼 훗날 나의 마지막 사랑과 비행할 그곳도 꽃이 무성한 멋진 곳이길 소망한다.

오늘의 우울감은 〈30〉이다. 꽃밭을 누비는 나비의 비행으로 마음에 잔뜩 낀 불순물이 해소되는 기분이다. ⬤◐○○○

잠든 동안 꾸는 꿈은 참 기묘하다. 현실에서 간절히 원하는 바를 이뤄주기도 하고 거친 액션의 주인공이 되기도 한다. 너무 슬퍼 눈물 흘리다 깨기도 하고 출근 시간이 되지도 않았는데 꿈속에서는 출근해 일상을 먼저 보낸 적도 적지 않다.

고대 철학자 아리스토텔레스와 플라톤, 데카르트와 같은 유명한 학자도 꿈에 관한 연구의 끈을 놓지 않았다. 그들에게 꿈은 사유(思惟)의 대상이었는지, 신의 어떤 놀음 중 계시(啓示)였는지는 여전히 미지의 영역으로 남아있지만, 연구적 개입 자체로 의미가 있어 보인다. '간절히 바라면 이뤄진다'라는 이상적 진리는 현실보단 꿈 안에서만 통용되는 표상이 아닌가 싶다. 고급 차를 타고 싶거나 TV에서 보던 미지의 세계를 탐험하고 싶다면 간절히 바래볼 법하다. 꿈에서 분명 나타나는 경우가 있기 때문이다. 이것은 프로이트의 해석을 보더라도 상당히 근거가 있다. 단, 내가 전혀 알지 못한 세계를 유랑하거나 한 번도 마주치지 못한 어떤 이와 몽환적인 시간을 보낸 꿈이 간혹 있었다. 그런 꿈을 접한 뒤 아침은 '그곳은 과연 어디이며, 그들은 누구였을까?' 하는 잔상에 사로잡힌다.

이에 프로이트가 말한 논리가 흥미롭다. 그는 꿈속에 펼쳐진 세계는 광인의 의식 세계이기도 하고 히스테리 환자의 억압된 욕망의 세계이기도 하며, 기억 저편의 어린 시절이자 원시 인류의 표상 체계이기도 하다고 했다. 또한 문명사회의 성인에게 한없이 낯선 그것을 '무의식', 즉 꿈이라고 주장했다. 그렇다면 1) 혹시 나의 무의식 속에 다른 이의 무의식이 들어와 꿈이 형성되는 거라면? 2) 그 무의식을 제어할 수 있다면 서로의 운명도 바꿀 수 있을까? 3) 결국 우리네가 넝쿨처럼 엮인 타인의 무의식 안에서 한바탕 노는 거라면? 4) 이 세 전제가 명제라면 나는 어떻게 증명할 수 있을까?

지금 에세이 원고를 쓰는 이 시간이 지난 뒤 1), 2), 3), 4) 이 네 가지를 주제로 장편소설을 쓰고 싶다. 나는 오늘도 작은 마을의 시골 작가가 되는 꿈을 꾼다. 이 또한 '꿈처럼' 말이다.

마지막 숨비 소리

* 이어폰에서 흘러나오는 라디오의 보통 사람들 이야기, 바다에는 물길질하는 해녀들, 돌담 쌓인 휑한 밭에서 펼치는 할머니의 쉽 없는 노동. 제주에서의 마지막 주말을 어김없이 오감으로 느끼며 쭈뼛쭈뼛 길을 나선다.

오늘은 예쁜 재킷을 하나 걸쳐 입고 내 나름의 최대치 멋을 내봤다. 제주 〈빛의 벙커〉로 가 심오한 예술 작품과 전시회를 둘러보고, 외국인이 가장 많이 방문하는 서귀포의 한 바닷가 펍에 들러 바다를 보며 망중한의 시간을 보냈다. 마지막 주말이란 특별한 의미를 담아서 말이다. 그런 의미에서 멋진 호텔에서 와인을 마시며 밤을 보낼 생각이다. 마지막이라 함은 살며 우리에게 특별한 감정을 선물한다. 후련하며, 때론 슬프기도 하다. 학교 졸업식이 그랬고, 군대 전역식 날, 나아가 회사 퇴사할 때가 그랬다. 무한히 함께할 것만 같은 일상에서의 타성은 '마지막'이라는 장벽 앞에 관계의 속살을 훤히 드러낸다. 상대가 나에게 어떤 의미인지, 익숙한 공간과 그동안 함께한 스킨십 등 어떤 기억으로 남을지 말이다. 생각하건대 기쁨보단 잠재된 아쉬움이 그제야 감정을 쓰나미처럼 덮친다. 잠시 흘겨나오는 눈물도 마지막이라는 무대 위에 클리셰 같은 소재로 등장한다.

숨비소리

　　　　　　　살며 무수한 사람들과의 마지막이 항상 슬펐다. 살아생전 다신 보지 못할 거란 걸 잘 알아서다. "나중에 꼭 한번 봐요." 하는 인사치레는 언제나 그랬듯 공염불로 남는다.

어느새 한 달이 훌쩍 가고 닷새만 남은 제주에서의 시간. 이번에 돌아가면 앞으로 십수 년 동안은 다시 오지 못할 걸 알고 있어 작은 잎새 조각 하나조차도 눈에 밟힌다. 모르고 있었던 제주의 아픈 상처까지도……. 이내 눈물을 삼킨다. 남은 내주 평일의 시간은 하루쯤 한라산 가는 날은 제하고 아마도 책을 작업하면서 마무리해야 할 것 같다. 편집에 아마도 밤을 새워가며 많은 시간을 할애하지 싶다. 이후 판단은 독자의 몫으로 남기며, 내가 할 수 있는 모든 걸 쏟아부으려 한다. 다양한 사람과 친구를 맺는 SNS를 통해 가끔은 글을 공짜로 읽기 미안해 작은 후원을 해주겠다는 분도 계신다. 단연코 감사함만을 전하며 거절하지만, 그분의 작은 마음에 큰 위로와 힘을 얻는다. 정말이지 보잘것없는 내 삶에, 나아가 외로움과 공허함으로 그윽했던 내 심장이 그런 응원으로 조금씩 다시 뛰는듯한 기운을 느낀다. 더불어 우울증 약을 한 다발을 안고 갑작스레 제주도로 날아온 나에게 다른 생각이라도 할까 싶어 하루가 멀다하고 연락하는 몇몇 안 되는 친구와 선후배에게도 특별한 감사를 담는다.

철학자 아리스토텔레스는 "한 마리 제비가 여름을 만들진 않는다"라고 했다. 그런 것 같다.

　내 삶에 있어서 이번 한달살이가 생애 남은 모든 계절을 웅변할 순 없지만, 또 다른 계절로 나아가는 디딤돌이 되어준 건 분명하다. 매년 세계 오지를 돌며 한달살이를 해보고픈 꿈을 꾸게 되었다. 한 마리 제비가 되어 책으로 그들의 잊힌 여름을 만들어 보겠다는 꿈이다. 큼지막한 첼로를 메고 일상에 지쳐 버스에서 잠에 곯아떨어진 학생, 찌개를 많이 끓였다며 손수 나눠주는 민박집 사람들, 혼자 간 마을 어귀의 작은 펍에서 술친구가 되어준 해맑은 사장님, 바다 어귀에서 막 물길질을 마치고 나온 해녀 할머니께서 먹어보라며 건네주신 멍게 한 아름까지……. 제주에서의 마지막 숨비 소리를 가슴에 고이 아로새기며 이제 남은 여정을 찬찬히 마무리한다.

　오늘의 우울감은 〈30〉이다. 해녀 할머니의 숨비소리에 비하면 내 슬픔은 보잘것없어 보인다.　　　　● ◑ ○ ○ ○

초등학생의 꿈이 유튜버라는 세상 속에 살자니 격세지감을 느끼게 된다. 아이를 유튜브에 출연시켜 먹방하거나, 장난감을 가지고 노는 장면을 연출한 부모가 100억을 벌어 빌딩을 샀다고 하니 그럴 만도 하다. 30년 전 초등학교 시절(당시엔 국민학교) 대부분의 아이들 꿈은 과학자, 경찰관, 혹은 선생님과 같은 직업을 선호했다. 순박하기 그지없었다. 돈보다는 정의로운 무언가를 꿈으로 품었던 것 같다. 그리고 30년이 흘렀다. 카메라 앞에 이상한 음식을 갖다 놓고 마이크를 장착한 채 씹는 소리를 들려주며 먹는다. 종일 컴퓨터에 앉아 게임하며 '별풍선(=돈)'을 획득한다. 별다른 노력이 필요 없어 보인다. 감성팔이에 능수능란하거나 라면 한 박스 정도는 우습게 먹어치운다면 구독자 10만 명은 따놓은 당상이다. 인도의 카스트 제도처 유튜브에는 구독자 수로 계급이 매겨진다. 100만 명이 훌쩍 넘어간다면 사회적으로도 대접받는다. 언론에도 언급되며, 기업 광고도 수두룩하게 들어온다.

우리나라, 아니 전 세계가 작은 박스(YouTube)에 갇히고야 말았다. 정치권, 일상생활권, 공무원 집단, 교사 집단, 자영업 등 생활 곳곳에 스며들지 않은 곳이 없을 지경이다. 어느 범죄자의 출소 광경을 보며 유튜버 집단은 사회가 제어할 수 없는 수준으로까지 이르러 버린 게 아닌가 싶다. 빈대 잡으려다 초가삼간 태우는 것처럼, 한 범죄자 출소를 기다렸다가 단죄하려 모여든 유튜버로 인해 인근 주민의 터전이 나락으로 빠져들기도 했다. 인면수심을 뒤로한 그들은 누가 더 자극적인 영상을 찍을지 골머리를 한 채 공권력조차 바보로 만들며 조회 수 올리기에 여념이 없다. 뿐만 아니다. 좌우이념을 극과 극으로 갈라 서로 구독자를 모집해 방송 콘텐츠를 늘여놓는다. 확증편향의 좋은 예다. 해당 유튜버든 구독자든 보고 싶은 것만 보고 듣고 싶은 것만 듣는 것이다. 고독한 백수의 삶, 혹은 비혼, 건달의 세계, 그리고 퇴사 후의 삶도 수없이 등장한다. 그들은 일상을 적나라하게 보여준다. 대중은 10여 분

동안의 짧은 영상으로 위안을 삼는다. 우리가 생각하는 삶에 위반되는 백수, 비혼, 퇴사, 이혼 등이 합리화되는 순간이다.

무분별한 질서로 얼룩진 사회는 이해할 수 없는 집단이 주도권을 장악하고 나 같은 잉여자원은 점점 설자리를 잃어가고 있다. 어쩌다 우리 사회는 이 지경까지 타락한 걸까? 내가 사는 동안 다시금 '국민학교' 시절의 낭만이 돌아올 것 같지 않아 슬프다.

결국,
사람이었다

24 Day

*   식당에 들어갔다.

사장   몇 분이세요?

나   저 혼자요.

이내 구석진 자리를 찾아앉는다.

사람

              메뉴를 쭉 훑어보면 1인분이 가
능한 메뉴도 찾기 어렵다. 그러다 슬그머니 자리를 박차고 떠난다. 식당서 겪는 흔한 일상이다. 술집은 더하다. 한상 가득 주문해 얼큰히 취한 뒤에 몰려오는 적적함이 그렇다. 삼삼오오 모여 삶의 애환을 교류하고 취기에 고해성사하는 술집 특유의 왁자지껄한 분위기에 혼자 외딴섬에 온 기분이 든다. 그러다 또 슬그머니 자리를 뜬다.

나는 살며 실로 혼자였던 적이 있었을까? 유년시절 항상 함께였던 가족, 독립한 뒤에는 사회에서 파생된 여러 커뮤니티 집단과의 조우, 대학, 군대, 직장까지. 밤에 잠들기 전까지 관계가 소등된 적이 한시라도 없었던 것 같다. 외국에서 대학 생활할 때에도 홈스테이 가족과 금세 친해진 학생들로 혼자 있단 생각이 들 겨를도 없었다. 이번에 제주로 오기 전까진 말이다. 여러 복잡한 생각과 우울한 마음에 누구나 일상을 제쳐두고 한 번쯤 떠나고 싶다고 생각한다. '혼자면 더 낭만이 있겠지!'하고 무작정 떠나는 이들이 많아졌다. 낭만과 현실의 괴리를 알기 전까지는 모를 것이다. 분명 잠깐의 뭔가가 해소되는 기분도 들지만, '사람'의 부재가 그 모든 걸 잠식하기도 한다. 좋을 때에도, 나쁠 때에도, 우리는 감정을 나누려는 욕구가 생긴다. 기쁨은 배가 되고, 슬픔은 반으로 줄었으면 하는 바람으로 말이다. 혼자로는 도무지 감내할 수가 없다.

나조차도 아쉬운 건 5월의 제주를 혼자만 만끽한 것이다. 맛있는 음식이 있으면 사랑하는 이와 나눠먹고 싶어진다. 5월의 제주를 누군가와 나누고 싶었는지 모르겠다. 체온을 아늑하게 감싸주는 바람, 바다에서 막 건진 해산물을 먹으며 끝없이 펼쳐진 바다 앞에서 한없이 이야기 나누는 하나의 장면이 이내 그리움으로 남는다. '나중에, 나중에..'하며 그립던 사람과의 또 미뤄진 아쉬움은 혼자만의 기억으로 잠식되겠지! 비가 잔잔히 시작되는 애월 앞바다 암석에 걸터앉은 내 모습은 그래서 더 처량하다. 나는 여전히 알 수 없는 누군가를 그리며 사나보다.

오늘의 우울감은 〈80〉이다. 며칠 약을 멀리했더니 감정이 다시 제어할 수 없게 요동친다. 도대체 알 수 없는 슬픔이 밀려온다.

○ ○ ○ ○ ○

아침 신문을 들춰보다 보게 된 칼럼 중 철학자 파스칼의 경고가 인상 깊다. 파스칼은 "도박꾼이 원하는 것은 정말 돈이었을까?"라는 질문을 던지고 단호히 "그렇지 않다."라고 답한다. 논리는 이렇다. 만약 도박꾼이 도박을 통해 따고 싶은 액수의 돈을 얻어도 그는 멈추지 않을 거라는 것이다. 도박꾼이 정말 원하는 것은 '환상'이다. 돈이라는 구체적 결과물보다 돈을 따는 순간에 느끼는 환상과 흥분을 갈망하는 것이다.

근래 500만 원을 빌렸던 지인이 알고 보니 도박에 손댄다는 얘기를 듣게 됐다. 돈은 가족 외엔 절대 빌려주지 않겠노라 다짐했건만 실생활에선 그게 참 뜻대로 잘 안된다. 100명에게 돈을 빌려줬다면 단 한 명이 제때 갚는 꼴을 볼 수 없으니 말이다. 어찌 보면 마땅하다. 궁핍해 빌린 돈이 시간이 지난다고 생길 리 만무하다. 생기더라도 급한 불 끄는 게 우선이라 지인에게 빌린 돈은 잊거나 피한다. 그렇게 관계는 파괴되고 회복은 어려워진다. 이래저래 법적 조치를 취해도 나를 떠난 돈은 받기 어렵단걸 잘 안다. 다 차단하고 행여나 연락이 닿으면 욕이나 한 바가지하고 모른체할 일이다. 휴대폰 연락처 목록에 이런 기생충 같은 부류가 너무 많이 득실대고 있음을 잊었던 것 같다. 남자건, 여자건, 쓸데없는 사람을 계속해서 지워나가야겠다. 그러다 딱 다섯 명 정도만 폰 안에 남으면 좋을 일이다.

불혹(不惑)이 되면서 스트레스 없이 살려고 하지만 이따금 공허해지는 건 어쩔 수 없다. 그 빈도는 점차 잦아진다. 어느새 밥벌이에만 몰두하니 목표나 삶의 방향성을 잃어버렸다. 남은 생을 냉정하게 감안한다면, 어떠한 것에 도전하고 못다한 세계를 유랑할 시간도 이젠 얼마 안 남았는데 말이다. 아마도 목표가 희미해서 그럴 것이다. 혼자 하니 '해도 그만!', '안 해도 그만!'인 것이 수두룩하다. 서울에서 살아남기 위해 몸부림치던 젊은 날보다 더 바보 같은 삶이 돼버린 꼴이다. 부모가 아이한테 바라는 단순한 바람처럼, 다시 열심히 공부하라고 누군가가 다그쳐 줬으면 좋겠다. 기간을 정해 학위 공부하고 싶은 마음도 크다. 전공은 철학으로 하고 싶지만 밥벌이와 공존할 수 없는 노릇이니 핑계만 늘어간다. 언제쯤 엑기스가 다 빠지고 삶이 윤택해질 수 있을까? 어느 순간부터 능동적으로 살아가는 삶이 아닌, 견디기 위한 삶을 살아가는듯한 회의가 들기도 한다. 훗날 하늘길 어귀에서 먼저 가신 아버지를 다시 만나면 자신 있게 "아버지, 저 이만하면 잘 살았지요?" 하며 포근히 안길 수 있을까? 이런 삶으론 호되게 혼날 것 같다.

저물어 가는
하루의 길섶에서

25 Day

*   아침 일찍 집을 나서 큰 분화구
가 인상적인 저지오름을 둘러보고 한참을 걸어 제주에서 제
일 큰 무인도인 차귀도에 이르렀다. 육지와 매우 가깝고 주변
바다 수심이 깊어 전국의 낚시꾼으로부터 인가가 많은 이 섬
은 평일인 오늘도 발길이 끊이지 않았다. 섬에는 재미난 전설
이 하나 있다. 혼인에 대한 금기사항인데, 근처 마을인 한경
면 용수리와 용당리에서 바라본 차귀도는 상여 모양처럼 보
인다. 해서 차귀도와 그 근처 바다를 앞에 두고 살아온 두 마
을은 차귀도 사람과 혼인하지 않았다고 한다. 죽어서 대가 끊
어지면 안 되기 때문이리라! 지금처럼 교통이 발달하지 않았

던 시절에 통혼권이 매우 한정되어 있고, 섬의 혼인 대부분은 같은 동네는 물론 섬 안에서 이루어졌다. 특히 제주는 풍선을 타고 바다를 건너야 들어가는 섬이어서 미신의 영향이 강하고 고립에서 벗어나질 못했다는 것이다.

저물어가는

차귀도에 너무 늦게 도착해 배 시간이 끊겨 직접 들어가지 못하고 근처 작은 식당에서 맥주를 한잔하며 섬을 바라봤다. 무인도라 함은 아무도 찾지 않는 이름 모를 섬일 때 의미가 깊어지지 않을까 싶지만, 꼭 그렇지만도 않다는 생각이 들었다. 훼손되지 않는다면, 사람의 손길이 무인도의 외로움을 달래주지 않을까? 술을 곁들여 간단히 저녁 식사를 마친 뒤 차귀도가 바라보이는 바닷가 옆 평상에 누워 한참이나 흘러가는 구름을 바라본다. 어업을 마친 배는 뱃고동 소리를 내며 항구로 돌아온다. 마침 저물어가는 제주도의 하늘과 이어폰에서 흘러나오는 이루마의 〈River flows in you〉가 묘한 감동을 자아낸다.

그을음 지는 노을과 저무는 어둠에 도망치듯 흘러가는 구름을 보며 저항에 관해 생각한다. 늙음과 죽음 앞에서 내 마지막 저항은 어떨까? 몸서리치며 서글퍼할지, 순수하게 받아들일지……. 교황 요한 바오로 2세는 서거 직전 "나는 행복했습니다. 여러분도 행복하십시오."라는 말을 남기고 눈을 감았다. 나는 어제와 마찬가지로 오늘도 저무는 하루에 아무 저항도 하지 못한 채, 교황의 행복론을 곱씹는다.

집으로 돌아가는 제주의 시내버스는 저마다 하루를 끝낸 사람으로 만원을 이룬다. 버스는 제주시와 서귀포를 관통하는 간선 202번이다. 교황은 조금은 시시할지 모르는 이의 하루와 별 볼일 없는 나의 하루에까지도 행복을 희구하셨는지 모르겠다. 그리고 우리는 각자의 목적지에 하차하며 어두운 밤을 다시금 순순히 받아들인다.

오늘의 우울감은 〈80〉이다. 저무는 하루에 저항하지 못한 채 내일로 또 속절없이 지나가는 시간이 야속하다.

⬤ ⬤ ⬤ ⬤ ○

　새벽녘 터벅터벅 집으로 걸어가다 공중전화 앞에 멈췄다. 길섶 어딘가에서 쉽게 찾아볼 수 있던 전화박스가 왜 이토록 낯선 걸까? (0571) 2-4673. 1980년대 우리 집 번호였다. 지역 번호는 네 자리, 국번은 한자리, 이마저도 낯설다. 우리 세대는 대부분 친지나 친구네 집 번호를 달달 외우고 살았다. 수많은 전화번호를 저장해 둘 공간도 없거니와 약속하자면 집에 있는지 전화를 걸어 시간과 장소를 정했기 때문이다.

　"이따 7시에 기차역 앞에서 봐!" 하면 그걸로 약속이 성립된다. 이후 당사자 중 한 명이 변수가 생겨 약속 장소에 나타나지 않는다면 찾아낼 방도가 없다. 그러면 다시 공중전화에 50원을 넣고 집으로 전화한다. 그러면 보통 어머님이 받으셔서 나가고 집에 없다고 한다. 그렇게 우리는 서로의 행방을 알지 못한 채 각자도생의 길로 간다. 만남 한 번이 이렇게도 어려웠다. 그 중심에는 공중전화가 있었다. 50원을 넣으면 통화 한 번에 30원가량이어서 20원이 남는다. 그러면 사람들은 수화기를 끊지 않고 재발신(녹색 버튼)을 눌러둔 채 자리를 뜬다. 다음 사람은 그 돈을 이어받아 10원만 더 넣으면 통화를 할 수 있게 된다. 그렇게 줄줄이 배려하는 그런 문화 속에 살았다. 어렵사리 약속이 성사되면 약속시간 두어 시간 전부터 설레며 들뜨기 시작한다. 어린 왕자가 말한 그것이다.

같은 책을 10번 이상 반복해서 읽기란 쉽지 않다. '어린 왕자'를 읽기 전에는 그랬다. 아마도 성경을 제한다면 전 세계에서 가장 많이 읽힌 책이 아닌가 싶다. 동화 같으면서도 심금을 울리는, 세대마다 입히는 영감이 색다른, 묘한 책이다.

처음 접한 건 중학교 시절이다. 나는 몰랐다.

"나를 길들여줘, 가령 오후 4시에 네가 온다면 나는 3시부터 행복해지기 시작할 거야."

어린 왕자의 길들여진다는 것에 대해서 말이다. 20대가 흘렀고 30대에 다시 들춰보게 됐다. 길들여진다는 것에 대해서는 여전히 모르겠다. 어린 왕자는 또 우리에게 말한다.

"오로지 마음으로 보아야만 정확하게 볼 수 있어. 가장 중요한 것은 눈에 보이지 않아"

그나마 무지의 보루인지 이 말의 뜻은 알 것 같다. 40년 성장통의 결과물이 어린 왕자의 한마디에 함축된다. 보이지 않는데, 너무 찾으려 애썼던 애먼 과거가 어린 왕자 앞에서 부끄러워지는 순간이다. 지구상의 모든 어른의 반성을 부르려 생텍쥐페리는 먼 과거로부터 어린 왕자를 소환한 건지도 모르겠다. 이제 어른이 된 어린 왕자는 내가 얼마나 한심해 보일까?

국가의 존재

26 Day

＊　　　　　　　　제주 앞바다와 한라산이 앞뒤로
내려다보이는 사라봉을 올랐다. '배산임수'라 했거늘, 대한민
국에서 제일 높은 산을 뒤로하고 드넓은 바다를 마주하니 조
상의 실용적인 지혜를 보다 광활한 결로 되새기는 기분이다.
제주의 유명 오름이나 몇몇 분화구를 오르다 보면 태평양 전
쟁 때 일본군이 진지로 활용한 동굴 같은 진지를 많이 볼 수
있다. 식민지였던 우리나라 땅을 볼모로 얼마나 큰 야심을 품
었는지, 동굴을 보며 이따금 짐작할 수 있다. 그들의 야심은
결국 원자폭탄 두 방으로 끝났지만, 곳곳에 잔재로 남은 상흔
은 여전히 진행형이다. 특히 여전히 반성 없는 그들의 태도는

2차 세계대전의 전범국가인 독일과는 대조를 이룬다.

웅장한 여객선과 컨테이너선이 정박한 제주항을 바라보며 한 시간 정도 더 걸은 뒤에 '곤을동'이라는 마을에 다다랐다. 제주 4.3 사건 당시 마을 전체가 불에 타 현재는 터만 남은 마을이다. 잔디가 무르익고 햇빛이 따스하게 비추니 그날의 참담함은 찾아볼 수 없지만, 이유 없이 죽어간 마을 사람의 비극을 잊어선 안 된다.

'염치'에 대해 생각해 본다. 국가 간 전쟁 후 전범국가의 염치, 혹은 내전 후 국가권력의 염치, 개인의 책임을 져버린 채 국가 탓에 길들여진 현대인의 염치.

철학자 김형석 선생은 세무서를 찾았다가 복도에서 손기정 옹을 만났다. 그래서 세무사에게 물어봤다.

김형석　손 선생께서 여기 웬일이신지요?

세무사　아! 이번에 나라에서 상금을 받으셨는데 거기에 대한 세금을 내고 싶어서 오셨습니다.

김형석　상금에도 세금이 붙는지요?

세무사　원래 손 선생께서는 나이도 있으시고 특정 직업이 없어 안 내셔도 되는데 굳이 제일 높은 세율로 어떻게든 세금을 내게 해달라고 하셔서요.

그때 김형석 선생은 감동받아 이런 생각이 들었다.

김형석 (나라 없는 설움을 겪은 사람에게 나라의 존재가 얼마나 큰 위안인가?)

알다시피 손기정 옹은 일제 강점기 때 올림픽에서 마라톤 금메달을 획득하고도 나라없는 설움에 기쁨보단 슬픔으로 기억이 얼룩진 마라톤 영웅으로 우리에게 알려져 있다. 이후 해방이 되고 나라를 되찾은 뒤의 그의 마음이 어떠했을지 감히 짐작하기도 어려울 뿐이다. 현재를 사는 우리는 어떠할까? 어떤 도움을 받았다면 차후에 또 하나의 도움을 원하지는 않았는지 생각해봐야 한다. 어떤 탓의 원인 대부분이 국가로 향해 있지는 않은지 말이다. 국가로부터 입은 혜택보단 불평불만이 더 많은 건 아니었는지, 생각해 볼 필요가 있다.

그래서 때론 국가 권력에 의한 사건이 더 서글프게 다가온다. 선조들이 가꿔 온 국가의 존재 자체를 부정하기 때문이다. 지금 원고를 쓰는 이 시국은 작년부터 코로나 바이러스가 세계에 퍼진 상황이다. 그러다 보니 각국 정부는 경제 피해가 막심한 국민에게 저마다의 방식으로 돈을 풀기 시작했는데 지원금이 우후죽순으로 쏟아지다 보니 눈먼 돈이 여기저기 산재해 나타난다. 어떤 단체나 조직의 장(長)은 그 돈을 교묘히 횡령해 잇속을 챙긴다. 투명하게 공개해달라고 한들, 권력의 손아귀를 들여다볼 수는 없는 노릇이다. 그들은 이 또한 관례라며 으레 그런 식으로 지나간다. 국가 권력이 왜곡되어 이용되는 단적인 사례다. 방안에 널브러진 책과 노트북에 쓰다만 글조차 무의미하게 느껴진다. 남은 와인이나 한잔 마시고 잠을 청해야겠다.

오늘의 우울감은 〈70〉이다. 권력의 남용은 언제나 우리를 슬프게 한다. ● ● ● ◑ ○

상사화(相思花). 잎이 먼저 나오고 다 시든 후에나 꽃이 펴 잎과 꽃을 함께 볼 수 없다 하여 이룰 수 없는 사랑을 뜻하는 꽃말을 가졌다. 카페에 앉아 보슬보슬 내리는 비를 보며 삶이 꼭 이 상사화와 닮았음을 느낀다. 다신 만끽할 수 없는 과거 의 시간이 왠지 구슬프게 다가온다. 지난한 상사(相思)의 시 간이 무척이나 슬픈 이 꽃이 대변하는 것 같다.

기사를 읽다가 '마왕'이라 불리던 가수 신해철에 관한 글을 접했다. 그가 떠난지도 정확히 6년이 흘렀다. 늘 대중에게 슬 픈 표정하지 말라며 노랫말로 치유의 메시지를 던졌던 신해 철. 그는 어느 방송에 나와 유언장을 작성했다. "다음 생에 다 시 태어나도 당신의 남편이 되고 싶고 당신의 아들, 엄마, 오 빠, 강아지 그 무엇으로도 인연을 이어가고 싶다."라며 아내 와 아이들을 향한 절절한 사랑을 고백해 보는 이들을 뭉클하 게 만들었다. 어떻게든 죽어서라도 사랑하는 사람과 인연의 끈을 이어가고 싶다며 소원했다. 매번 발매하는 앨범마다 죽음의 의미를 다지고 가사로 풀어쓰곤 했다. 갑작스런 죽음에 대비해 산 자의 슬픔을 미리 덜어주려던 건 아닌가 싶다.

나 또한 아버지가 서울의 한 대학병원 암 병동에서 오랜 기간 투병할 때 주위 보호자 가족과 꽤나 친하게 지냈다. 서로 죽음 앞에 직면한 가족을 바라보는 동병상련의 입장이라 감정의 골을 상호 위안으로 의지했다. 그렇게 하루하루 죽음으로 한둘씩 병실 침대를 비우고 이내 병실은 또 다른 '죽음 대기자'로 차곤 했다. 우리 아버지도 예외는 아니었다. 이제 가망이 없어 고향으로 마지막을 준비하러 가는 날. 나는 병동 식구가 있는 작은 인터넷 게시판에 사진과 함께 작별 인사를 전했다. "암과 싸우는 환우분들 힘내세요. -임○○ 환자 아들 임기헌 올림-"이라고 말이다. 더 이상 구구절절하게 할 말도 없었다. 이후 그 병실에 있던 모든 이는 죽었다. 흔적도 없이……. 그 후 7년이 흘렀고, 죽은 이들이 기억에서조차 잊혀 갈 즈음-'그 흔적을 찾아 아늑한 저 멀리 몇 광년을 날아가면 다시 만날 수 있을까?'하는 생각이 들었다. 죽은 이의 억울한 마음을 들여다보고 싶다. '상사화'와 대비되는, 죽어서도 나는 그들을 만나고픈 마음이다.

봄을 떠나보내며

＊　　　　　　　　　제주 날씨는 참 얄궂다. 어디 나서지도 못하게 비가 올듯 말듯 하는 경우가 여사다. 맑다는 예보를 믿고 우산 없이 나섰다가 갑작스런 소나기가 내리는 경우도 잦다. 결국 오늘도 비를 피해 카페에 잠시 들렀다. 노트북을 펴고 하염없이 글을 쓴다. 혼자서 자리 한편을 차지하는 미안함에 커피는 벌써 3잔째!

작업하다 보니 띄어쓰기나 맞춤법이 어긋난 곳이 왜 이렇게 많은지…… . 나는 아직도 '웬'과 '왠'의 쓰임이 혼동된다. 양이 방대하니 하나하나 다 찾아내기 힘들다. 이러니 나처럼 기본도 안된 사람이 글을 쓸 자격은 되는지 모르겠다. 책 페이지는 몇 페이지가 적당할지, A5 크기에 250페이지 정도면 독자가 거부감 없이 읽기 편할지, 에세이 형식의 책에 국가 역할에 관한 소견을 넣어도 되는지, 뭐하나 고민이 안 되는 부분이 없다. 대학교에서 공부할 때, 토론 동아리에서 첨예한 문제에 관해 이야기를 나눈 적이 있다. 남녀 2명씩 짝지어서 매달 한 번씩 민감한 문제를 다뤄보자는 취지였는데, 내가 모두 발언으로 시작한 토론의 주제는 〈군 제대 남성 가산점 타당한가〉의 문제였다. 복기해보면, 나는 당시 '딴지'를 걸었다. 날 선 공방을 펼치며 토론이 계속됐지만, 토론이란 게 민주주의 방식이다 보니 정답은 없다. 끝난 뒤 자기반성하며 지혜를 모으면 될 일이다. 같은 팀이던 한 후배는 "나도 여자지만 오늘은 선배 말이 좀 맞는 듯……" 하며 서로 멋쩍게 웃으며 "치맥이나 먹으러 가자!"하고 마무리했던 것 같다.

　제주에서 한 달을 보내며 이제 글을 편집하고 정리하다 보니 누군가와 이야기를 나누고 의견을 수렴하는 과정이 얼마나 소중한지 다시 한번 느끼게 된다. 글이라고 별반 다를 것도 없다. 출간이 되기 전까진 다양한 의견을 반영해 글로 녹여낸다면 보다 더 참된 글이 나오지 않을까 싶다.

한 달의 시간을 제주에서 홀연히 보내고, 다시 일상으로 돌아갈 준비를 한다. 더불어 꽃이 방울지던 시기에 찾았던 제주의 꽃은 여름 맞을 준비를 하며 잎사귀를 조심히 감춘다. 이해인 수녀께서 정의하신 〈봄과 같은 사람〉은 덩그러니 혼자남은 나에게 어떤 의미일까? 시를 읽다 보니 내게도 다시금 봄이 올까 싶다. 계절의 경계에서 곰곰이 생각한다. 오롯이 혼자만의 시간을 가지며, 다수를 생각하는 소중한 한 달이었다. 마지막으로 들린 제주의 한 카페에서 봄을 떠나보내며 나도 자리를 나선다.

오늘의 우울감은 〈30〉이다. 봄처럼 차분해지는 기분이다.

◉ ◎ ○ ○ ○ ○

봄의 정령을 맞기도 전에 여름이 불쑥 찾아온 것 같다. 5월인데도 얼마나 더운지, 날씨 덕에 시원한 카페를 찾고 덕분에 사유(思惟)의 골도 깊어진다. 몸이 움츠러드니 잡생각이 많아지는 꼴이다. 요즘은 특히나 운전 중에 무작위의 생각이 많아졌다. 멍하니 신호받을 때나, 혹은 관성(慣性)에 충실해 창밖으로 홀연히 사라져 버리는 사물이나 사람을 볼 때면 말이다.

갑자기 사라져버린 것에 대한 덧없는 상념이 하루에도 수없이 번뜩인다. '내일 갑자기 당신을 볼 수 없다면?'하는 가정(假定)에 자주 사로잡힌다. 출근하다가도, 밥을 먹다가도, 누군가와 즐겁게 여행지로 출발하려는 찰나에도 불행은 순식간에 다가온다. 과거 삼풍백화점·성수대교 붕괴, 천안함 폭침, 세월호 침몰 등 국가적 재난이 모두 그랬다. 멀쩡히 오늘을 살던 사람이 갑작스레 현실과 이별하고, 비극은 인간사에서 지금도 동시다발적으로 일어나고 있다.

어디서 어떻게 찾아올지 모를 비극을 막을 수 없다면 어떤 준비를 해야 살아남은 자의 슬픔을 치유할 수 있을까? 해답은 아마도 〈유서〉에 있지 않나 싶다. 영국이나 유럽 선진국에서는 이미 오래전부터 유서 쓰는 문화가 만연해있다. 어린아이부터 불치병에 걸린 환자까지. 자연스럽게 자신의 생전 일기를 기록하고 언제 닥칠지 모를 죽음에 대비한다. 그에 반해 한국의 유서라 함은 사후 재산 분배의 증거물로 오용되는 경우가 다분하다. 살아온 날의 기록이 아닌, 사후 분쟁 시 법적 효력 가치 유무에 무게가 실린다. 안전불감증이 도처에 만연해 불행은 타인의 일로만 여기는 생각의 안이함이다.

나는 이곳뿐만이 아닌 여기저기 곳간마다 글을 써서 축적해 놓았다. 매체에 보내는 상업적인 글이나 취업을 위해 발버둥 치는 이에게 뇌물 받고 써주는 자소서도 포함된다. 소설이나 에세이는 물론이고, 노랫말 작사나 어설픈 감성으로 중무장한 시도 쓰곤 한다. 나에겐 이것이 유서라 할 수 있다. 갑자기 숨이 멎을 때를 대비해 가급적 최근 순간까지의 생각을 기록하고 싶음이다. 유서란 게 형식이 없으니 어떤 글보다 자유로울 수 있다는 것도 장점이다. 오늘의 생각을 기록하자면 이렇다. 바다 위로 보슬보슬 내리는 비를 보니 반자동적으로 그리움이 쌓이고 쌓인 그 위를 누군가와 함께 거닐고 싶다. 미래의 와이프를 꼭 닮은 아이를 안고 가을의 낭만을 만끽하며 많은 이야기를 들려주고 싶다. 그런 감성에 젖어 되돌아보니 제일 힘든 게 사랑이 아니었나 싶다. 그만큼 누군가를 만나는 순간만큼 진심이 아닌 적이 한 번도 없었기 때문이다.

어떤 이유든 헤어짐의 상흔(傷痕)은 크다. 만남은 늘 또 다른 헤어짐을 가정하기에 이쯤 되면 시작을 말아야 할 법도 하다. 마음이 자유로우면 잡념이 들지 않아 일에 대한 집중도가 높아진다. 마음이 자유롭다는 것은 그래서 어렵다. 결국 죽은 자는 말이 없으니 어떤 이야기든 살아생전 기록으로 남겨야 하지 않을까? 2021년, 저물어가는 봄날의 오늘은 역설적이게도 차갑고 긴 밤이 될 것임을 기록하며 글을 갈무리 짓는다.

27 Day

곶자왈을 걸으며

*　　　　　　예정대로라면 오늘 한라산을 등
반하려 했으나 예약(1000명 제한)이 꽉 차서 결국 오르지 못
했다. 내일도, 모레도 예약이 차서 결국 포기할 수밖에 없었
다. 며칠 남지 않아 마냥 숙소 근처만 서성일 수 없었다. 어디
론가 가야 했다.

곶자왈

'제일 제주스러운 곳이 어디일

까?'하며 고민하는 와중 곶자왈과 오설록 녹차밭이 문득 생각났다. 세계에서 유일하게 열대 북방한계 식물과 남방한계 식물이 공존하는 곶자왈. '곶'은 산 밑의 숲이 우거진 곳, '자왈'은 나무와 덩굴 따위가 마구 엉클어져 수풀처럼 된 곳을 뜻한다.

그렇게 가방을 둘러메고 물과 간단한 간식을 챙겨서 버스에 올랐다. 두어 시간 걸려 도착한 나는 버스에서 내려 곶자왈을 가로질러 걷기 시작했다. 온갖 새소리가 귓가를 울리고 가는 도중 문도지오름에 오르니 한라산은 물론이거니와 곳곳에 솟아있는 오름이 파노라마처럼 펼쳐졌다. 목적지인 오설록에 도착하자 드넓은 녹차밭이 품 안으로 들어온다. 오설록이란 이름은 '눈 속에서도 피어나는 녹차의 생명력에 대한 감탄'이라고 하는데, 뜨거운 뙤약볕 아래에서 이름의 의미를 느끼기엔 뭔가 부족했다. 감성이 불현듯 용솟음칠 시기에 다시 방문해야겠다. 그래도 간 김에 근처 카페에 들러 녹차 아이스크림을 한 입 베어 물고 돌아왔다. 많은 사람 틈에 끼어 있는데도 적적한 마음을 금할 길이 없었다.

돌아와 방을 청소하고 쌓인 쓰레기를 버리고 나니 이제야 돌아갈 시간이 다가왔음을 느낀다. 길기도, 하물며 짧기도 했던 한 달의 시간이 휑하고 지나갔다. 처음 도착했을 때 그토록 낯설던 마을의 풍경이 제법 익숙하다. 대강 슬리퍼를 신고 나와 코앞에 펼쳐진 바다를 한없이 바라보던 시간도 그 생명을 다해간다. 동틀 녘, 새벽 녘의 바다는 나에게 참 특별했다. 끝없이 무언의 대화를 나누고 나는 하나도 빠짐없이 메모하고 속기했다. '다음에 또 올 거야.'하는 진부한 다짐은 저 멀리 내팽개쳤다. 돌아가면 육지에서 삶의 처지에 따라 다시 올 가능성도 희박할 수 있다. 이런 시간이 또 생긴다면 가보지 못한 외국을 찾고 싶은 마음이 더 큰 것도 사실이다. 그래서 지금 이 순간을 만끽하련다. 마지막이 다가오니 충만해진 감성에 바다는 오늘따라 더 낭만 있게 내 품에 안긴다.

가끔 지인이 물어온다. 제주 한달살기를 하고 싶은데 숙소나 가볼 만한 곳을 추천해달란다. 그런데 나는 일단 무조건 반대한다. 한달살기 붐이 유행처럼 번지다 보니 현실도피성으로 오는 경우가 많은데, 그런 목적이라면 2주도 버티기 힘들다. 설령 버틴다 해도 그건 애초 목표한 바와 한참 비껴가 고역 속 시간 때우기가 될 가능성이 높다. 도시에서 온종일 폰만 보고 살던 사람은 여기와도 고쳐질 리 없으니 차라리 살던 환경에서 폰을 바라보는 게 바람직할 것이다. 또한 '열심히 일한 자 떠나라!'하는 마음으로 쉬겠다는 사람도 일주일이면 그 쉼은 종말을 다한다. 더군다나 혼자서는 어디를 투어하기에도, 저녁에 멋진 고깃집에 가 소주 한잔하기에도 여간 힘든 게 아니다. TV에 나오는 감미로운 장면은 연출됐다는 걸 기억했으면 좋겠다. 바닷가에서 혼자 소주 마시며 그윽하게 먼발치를 바라보는 장면을 상상했다면 꿈 깨라고 전하고 싶다. 그런 장면은 없다. 지겨워져 폰을 보며 카톡을 훑거나 유튜브를 탐방할게 뻔하다.

그렇다면 어떡해야 될까? 답은 간단하다. 놀거나 쉬겠다는 막연한 목표가 아닌, 뚜렷한 목표를 가지고 오면 된다. 가수 윤종신이 돌연 방송을 접고 이방인 프로젝트를 시작하겠다며 2년을 계획해 홀연히 떠난 적이 있다. 순전히 곡을 쓰고 매월 음반 발표할 요량으로 말이다. 예술가에겐 이런 '잠시 멈춤'이 분명 도움이 된다. 특히 창작하는 사람에겐 세상에 없는 무언가를 생산하는 에너지가 필요하다. 나도 그랬다. 앞선 예와 비교할 바는 아니지만 책 한 권 쓰겠다는 분명한 목표가 있었다. 해가 중천에 떠 있을 땐 제주 전역을 목표로 종일 걷고, 나머지 시간은 책을 쓴다는 계획이다. 물론 책이란 게 마음먹어도 안 떠오를 때가 더 많은 것도 사실이다. 그래도 궁극적인 목표 유무가 생활을 지탱하는 데 있어 큰 원동력이 된다. 계속되는 창의가 지루할 틈을 주지 않는다는 점도 일러두고 싶다.

어쨌거나 기나긴 삶을 사는데 한 달의 쉼은 누구에게나 멋진 상상으로 다가온다. 직장인이든, 자영업자든, 혹은 이별의 아픔을 가지고 있거나 삶의 무기력을 느끼는 그 모두에게 말이다. 다만 그 과정에서 지나친 기대는 자칫 자충수가 될 수 있음을 참고하길 바란다. 우울증, 무기력증이 싹 가시진 않지만 좋은 기운을 많이 얻어서 이번 한달살이가 나에겐 큰 기쁨으로 기억되리란 건 확신할 수 있다.

오늘의 우울감은 〈60〉이다. 설렘과 아쉬움이 교차하는 기분이다.

● ● ● ○ ○

주인공 조엘은 아픈 기억만을 지워준다는 라쿠나사를 찾아가 헤어진 연인 클레멘타인의 기억을 지우기로 결심한다. 그런데 기억이 사라져 갈수록 사랑이 시작되던 순간, 행복한 기억, 가슴속에 각인된 추억이 그리워진다. 영화 〈이터널 선샤인〉 이야기다.

영국의 학술지를 보다가 의학분야에서 영화 같은 흥미로운 이야기를 보게 됐다. 뇌세포를 조작해 아픈 기억만 도려내는 기술이 가까운 미래에 실현될지 모른다는 것이다. 하긴 1980년대에 개봉한 영화 〈백 투 더 퓨처〉만 보더라도 당시엔 말도 안 되는 공상과학적인 상상이 지금은 모두 실현됐으니 영 가십적인 이야기는 아닌듯하다. 영화에서 클레멘타인은 이별 후 후유증 때문에 불행해서 기억을 삭제하기로 하고 괘씸했던 조엘도 기억 삭제에 동참한다. 그런데 조엘은 기억을 삭제하는 과정을 따라가다가 불행뿐 아니라 행복했던 시절이 더 많았다는 걸 깨닫는다. 기억을 삭제하려던 자신의 결정을 원망하고 후회한다. 그러나 붙잡으려던 행복한 순간은 결국 기억에서 사라진다. 그제야 그는 알게 된다. 클레멘타인으로 인해 행복했고 둘의 사랑이 너무나 아름다웠음을 말이다. 이 기억이 현재의 나를 지탱해 주는 힘이 된다는 걸 몰랐다는 것도……

영화처럼 기억을 지울 수 있다면, 30대의 기억을 통째로 지우고 싶다. 반복되는 이별, 가족과 지인의 죽음, 실패, 슬픔으로 그윽한 10년간의 기억이 남은 삶까지 오염시켜 반가울 리가 없다. 심지어 가족 없는 고아로 태어났으면 어떨까도 싶다. 이별할 일이 없어지니 말이다. 아침에 눈을 떴을 때, 아무 기억도 없다면 편하게 살지 않을까? 그렇게 된다면 반쪽으로 살아가도 괜찮겠다. 의미 없는 하루하루가 또 지나간다.

표선 해수욕장에서
'박새로이'를 생각하다

29 Day

*   한 달간 머물 계획이던 제주에서
의 생활도 이제 끝을 향해 달려가고 있다. 지난했던 시간은
늘 아쉬움으로 갈음된다. 그 지난함이 기쁨이건, 슬픔이건 매
한가지이다. 처음 제주 공항에 내렸을 때의 설렘은 이내 익숙
함이 되고, 결국은 아쉬움으로 감정 변화의 종말을 맞는다.

   마지막 날을 하루 앞둔 오늘은 표선 해수욕장에 들리고 싶
은 가게가 있어 채비하고 발걸음을 재촉했다. 바로가는 버스
도 많지만, 10km 정도 떨어진 지역에 내려 해안 도로를 따
라 걷기 시작했다. 가는 와중에 너른 해안 목장이 눈길을 끌
었다. 절벽위에서 바닷바람을 고스란히 맞으며 푸른 초원 위

를 자유롭게 거닐며 풀을 뜯어먹는 말의 모습도 인상적이었다. 대략 3시간을 걸어 표선 해수욕장에 당도했다. 특이한 건 다른 해수욕장과는 달리 해변의 넓이가 상당하다는 것이다. 해변에서 한참걸어야 바다를 접할 수 있는, 사뭇 다른 느낌의 해수욕장이다. 그리고 오늘 목적지인 해물 전복뚝배기를 판매하는 가게에 들렀다. 마지막 만찬이라는 특별한 의미를 담아 고가의 음식을 주문하고 소주도 한병 곁들인다. 지금의 내 직업도 자영업자이기에 맛을 한번 탐닉하고 싶었고, 사장님께 운영 노하우도 듣고 싶은 마음이었다.

몇 년 전 드라마 '이태원 클라쓰'가 화제가 되었다. 자영업과 거대기업, 그리고 젊은 사람의 삶을 그리는 이야기가 내 입맛에도 맞았다. 유년시절 나는 서울을 꿈에 그렸다. 그 시절 지방 아이들은 서울에 대한 로망이 있었다. 마치 우주여행을 꿈꾸는 지금의 현대인처럼 말이다. 그만큼 서울은 세련미 있고, TV에서만 보던 곳으로 성공하는 이들만 거주하는 신비스러운 곳으로 치부됐다. 그렇게 자신만만한 패기로 나는 서울에 정착했고, 엘리트들이 모인 경제 언론사에 취업해 멋들어진 정장과 넥타이를 매고 8년간 직장생활을 했다. 그 시절

동안 나는 또 다른 꿈을 품었다. 사업가다. 틀에 박힌 직장인이나 공무원 생활은 나와 맞지 않았다. '서울서 만난 친구와 결혼해 정착했다면 내 삶은 어떻게 됐을까?'하는 '악몽'같은 생각도 가끔 든다. 빚으로 아파트 한 채를 얻고, 아이를 낳아 키우며, 평생 은행에 대출금을 갚다가 끝나 버린다. 이러지도 저러지도 못하는 넋두리 인생에 나도 기근하며 살았을지 모른다. 서울 직장인의 90% 이상이 이런 삶을 산다니 말이다.

그 뒤 회사를 그만두고 고향으로 돌아와 자영업자가 됐다. 극 중 주인공으로 분한 박새로이가 7년의 원양어선 생활 끝에 '단밤'을 오픈했듯, 나는 돈가스 가게를 두 군데 오픈했다. 그리고 세월이 또 4년 흘렀다. 다시 꿈을 발현할 시기가 된 것이다. 박새로이는 극 중에서 긴 세월을 바라보며 목표를 설계한다. '단밤'도 최종 목표로 가는 와중에 하나의 수단이었고, 투자와 사람 관계도 그러했다. 수년의 세월을 인내하며 목표를 향해 천천히, 그렇지만 무섭게 집중해 도달하려 했다. 자신만의 철학이 있고 냉철했다. 극 중이라지만 직원을 다루는 능력도 나 같은 자영업자에겐 본보기가 되기에 충분했다. 그는 아버지 사망보험금을 통해 싸우기 위한 총알을 미리 장

전해 됐고, 단밤의 프랜차이즈라는 목표도 공고히 했다. 가게 홍보를 위한 전문가도 포섭하고 전문성이 떨어지는 요리사는 사기를 끌어올려 맛도 다잡았다. 그래서 생각해 본다. 내 목표도 분명히 프랜차이즈인데 가진 무기와 목표 설정을 어디까지로 두고 걸어갈 것인지 말이다. 장사하는 사람이라면 대부분 이런 생각을 품고 있을 것이다. 대충 하려면 시작도 하지 않는 것이 낫고, 할 거라면 확실하게 하고픈 마음은 '단밤'의 그들과도 같다.

어느새 장사꾼이 다 된 내 모습, 하루하루 잠자는 시간도 아까워진 지금의 생활습관이 웃프기도 하다. 결국 내 마지막 꿈은 다시 책상으로 돌아가 세상에 없는 이론을 연구하고 책과 글을 쓰는 작가로 살고 싶단 점은 명료하다. 그 최종 목표에 도달하기 위한 지금의 과정이 어쩌면 매일을 설레게 하는지도 모르겠다. 꿈 너머 꿈, 그리고 작은 목표, 큰 목표, 최종 목표가 있는 지금의 내 삶이 기계처럼 직장을 다녔던 때와 다른 이유다. 홀로 음식을 싹 비우고 소주 한 잔을 하니, 알딸딸하게 기분이 좋다. 주인 사장님과 한참 이야기를 나누고 기분 좋게 숙소로 발을 옮긴다. 버스 안 창문 너머로 노을이 진다.

저물어가는 오늘 하루가 왠지 낯설게 느껴지는 건 왜일까?

오늘의 우울감은 〈20〉이다. 취기에 보는 노을은 그 자체로
의미가 깊다.

한국전쟁을 관통한 우리 조부모 시대에는 마치 인해전술을 펴듯 집집마다 자녀가 대여섯은 됐다. 이후 5~60년대에 '전쟁둥이'로 태어난 자녀가 사회의 중추신경 격이 된 80년대. 그해 즈음에 태어나 나와 동시대를 살아가는 또래는 형제가 보통 2~3명이 주를 이룬다. 그리고 80년대생이 부모 세대가 된 지금은 하나만 낳아서 잘 기르자는 시대적 소명의 가치로 외동인 가정이 대다수를 이룬다.

나는 한 살 터울의 누나가 한 명 있다. 나이 차이가 거의 없다 보니 어릴 때부터 친구처럼 지냈다. 집안 사정이 워낙 어려워 집에 남는 방이 없어서 중학교 때까지 한방에서 같이 지내던 기억이 있다. 국민학교(초등학교)도 같이 다니며 서로 반장-부반장을 했다며 엄마한테 뽐내기도 했다. 누나를 괴롭히는 남자애는 내가 가서 두들겨 패기도 했는데, 썩 잘한 것 같진 않다. 휴일엔 TV에서 하는 '만화동산'이나 '뽀뽀뽀'를 보며 눈을 떴고, 햇볕 쨍쨍한 오후엔 집 근처 낙동강으로 가 피라

미 낚시를 하고 메뚜기를 잡아와 집 어항에 넣고 괴롭히기도 했다. 그러다 해질 무렵엔 모아둔 용돈 500원을 들고 집 앞 비디오 가게에서 홍콩 강시와 지구를 지키는 바이오맨, 그리고 후레쉬맨 시리즈를 빌려와 줄기차게 봤던 기억도 있다.

사춘기에 접어들며 누나와 점점 멀어져 갔다. 신체적으로나 정서적으로 변화가 생기며 꽃으로 치면 춘궁기에 접어든 셈이다. 학교에서 야간 자율학습까지 끝나면 밤 10시가 넘어서 집에 오니 얼굴도 보기 힘들었다. 마주치면 짜증 섞인 대화뿐이니 서로 안 보는 편이 차라리 나았는지도 모르겠다. 시간이 또 훌쩍 지나 나는 군대를 갔고, 휴가나 외박조차 쉽게 나올 수 없는 부전선 최전방 GOP로 자대 배치를 받았다. 휴가를 나올 수도, 가족이 면회 올 수도 없는 곳이었다. 휴대폰이 없던 시절이라 전화도 불가했다. 오로지 편지 하나로 서로의 안부를 물을 수 있었는데, 무뚝뚝하던 누나의 편지가 아직도 기억에 스친다. "니 군대 입대하고 내 그날 억수로 많이 울었데이……." 읽는 순간 나도 어찌나 눈물이 났는지 모르겠다. 내가 어느 정도 짬밥을 먹은 뒤 한 번은 누나가 6시간에 걸쳐 면회를 왔다. 어릴 때부터 누나는 외모로 유명했던 터라 부대에 전장병들이 면회실로 모여들었다. 서로 소개해달라며 난리도 아니었다. 나랑 누나가 둘이 앉아 음식을 먹고, 옆에서는 단체로 구경하는 재미있는 풍경이었다.

이제 서로 불혹의 나이가 넘고, 누나는 아이 둘을 가진 억척스런 아줌마가 됐다. 외모야 아직 20대라 해도 믿겠지만, 삶의 상흔이 쌓여 현실이 녹록지 않아 보이는 게 늘 마음에 쓰인다. 겪어보니 형제, 혹은 남매의 존재가 좋은 점을 이제야 발견할 수 있을 것 같다. 세상 믿을만한 친구 하나가 결국 누나라는 사실 말이다. 어떤 이야기라도 털어놓을 수 있는 사람 하나, 정말 힘들 때 자기 일처럼 마음을 어루만져 주는 유일무이한 한 사람. 그 사람이 나에게 있어서 결국 누나였던 게 아닐까 싶다. 7년 전 아버지 장례식날 3일 내내 목놓아 울던 누나 모습이 여전히 아프게 다가온다. 부모님께는 이따금씩 했던 사랑한다는 말. 정작 하나뿐인 피붙이인 누나에게는 왜 한 번도 한 적이 없을까? 그래서 이제 말해두고 싶다. 예쁘고 착한 우리 누나, 내가 정말 사랑한다고 말이다.

여름아 부탁해

*   하나의 상처가 아물면 괜찮아질 거라 생각했는데 또 다른 상처가 벌어진다. 털고, 일어서고, 다시 주저앉고, 대체 그 끝은 어디일까? 100세 시대라지만 우리가 과연 100세에 무엇을 할 수 있을까? 온몸에 병을 앓으며 의미 없이 사는 노년의 시간이 과연 바람직할까?

한 달간 뚜벅이로 400km에 달하는 제주 전역을 구석구석 거닐었다. 과거 화산 폭발과 함께 울긋불긋 솟은 스무 군데의 오름을 올랐으며, 제주 본토를 더 아름답게 가꿔주는 주변의 작은 섬 6군데를 둘러봤다. 어둠이 짙어지면 노트북을 꺼내 밤새 글을 쓰며 제주에서의 마음을 담아 책을 완성해 나갔다.

그리고 생각해 본다. 다시 비행기에 오를 반나절의 시간만 남겨둔 지금, 노을을 바라보며 제주도에 온 시작과 그 끝에 대해서 말이다.

여름

　　　　　　　　　숫자상으로 마흔, 그러니까 올해 불혹의 나이가 되며 불현듯 삶에 대한 회의가 강하게 스밀었다. 군더더기 없이 날 것 그대로 표현하자면 별로 살기가 싫었다. 그렇다고 죽을 용기가 있었던 것도 아니다. 멀쩡한 삶이 어느 한순간 알 수 없는 원인으로 요동치기 시작했다. 변화가 필요했고, 나는 순간 '내가 가장 사랑하는 섬' 제주로 가야겠단 생각을 했다. 이러는 원인을 짜내고 짜내 생각해봤다. 그 기저엔 7년 전 돌아가신 아버지의 부재가 항상 자리 잡고 있었고, 혼자가 된 엄마, 불가항력적으로 홀로 애들을 키우는 누나까지! 뭇 젊은이들의 인스턴트 만남처럼 쉽사리 끝나버린 36살의 결혼생활도 매한가지다. 멀리 해외에서까지 참석해 준 수많은 하객과 양가 어르신, 그리고 어렵게 모신 주례 선생님께까지 씻을 수 없는 죄를 지었다.

주변 선후배와 친구들은 하나둘 안정적인 가정을 꾸렸고, 그들이 비교대상이 되어 나는 점점 수면 아래로 가라앉았다. 한번 다녀온 게 무슨 흠이냐며 용기를 북돋는다. 또 다른 누구는 요즘은 혼자 사는 게 대세라며 본인도 나처럼 살고 싶다고 애써 위로한다. 모두 가정을 꾸리고 멀쩡하게 사는 이들이 그런다. 단 '1'도 위로가 안 되는데 그들이 알 리가 없다. 차라리 무관심이 나에겐 최고의 위로일 텐데 그들은 기어코 한마디씩 내뱉는다. 가족이든, 친구든, 이제 '왕따'처럼 사는 나는 마음을 드러낼 곳이 전무해 책을 쓰기로 했다. 기존에 쓰던 전문서적이나 소설보단 마음을 담을 수 있는 에세이 형식이면 좋겠다고 생각했다. 단 한 명이라도 '내 마음을 알아주십사!'하는 마음에, 하나 더 보탠다면 나 같은 마음의 병을 앓는 주위의 무수한 사람에게 보통의 사람들이 '공감 가는' 손을 한번 내밀어 줬으면 하는 바람도 함께 말이다.

세련되고 때론 고즈넉했던, 담백한 기억을 안고 다시 육지로 돌아간다. 한 달의 시간이 아무렇지 않듯 지나갔고, 제한

된 시간의 궤도 위에서 여느 때처럼 삶을 또 살아간다. 행복한 누군가의 하루는 순간의 순간처럼 짧게 느껴지고, 삶과 사투를 벌이는 또 다른 누군가의 하루는 영원의 영원처럼 길게 느껴진다. 시간의 개념은 가진 이와 가지지 못한 이의 자본만큼이나 상대적이어서 가끔은 슬프다. 이곳에 오기 전 정신과에서 우울증을 치료한다고 말하니 '킥킥' 대며 웃기 바빴던 친구들이 생각난다. 나도 함께 웃으며, 우린 그리고 살아간다. 상대방의 처지는 누구도 헤아리지 않는다. 나도 행복할 때 그랬다. 누군가 죽음의 강을 건널 즈음에야 웃음기가 사라졌다. 감성 충만한 글로 그제야 죽음을 아쉬워할지도 모르고 말이다. 내면의 알고리즘은 애초 그런 식으로 코딩되어 있다. 이제야 '아버지 살아계실 적 이 좋은 제주에 한 번 모시고 올걸!'하는 후회가 쓰나미처럼 밀려든다.

경제적 영달을 취하고, 눈부신 대륙을 여행하며, 책을 출간한들 결국 무슨 의미일까 싶다. 이번 한 달의 방랑을 마치며 제대로 살고 싶었는데, 결국 또 초라함만 그윽해진다. 어디선가 나를 찾는 전화벨이 울리고, 전화기 너머로 나지막이 들려오는 말 한마디가 참 그리웠는지 모르겠다. "오늘 제주에서의 하루는 어땠어?" 결국 한 가지 분명한 건, 비록 혼자 살아갈지라도 가난한 이와 아픈 이를 진실로 한 번 더 생각해 봐야겠단 것이다. 앞으로도 친구나 편한 사람 앞에선 욕도 섞어가며 또 실없이 '킥킥' 웃으며 살아갈 테지만, 내 삶의 가치는 마음속에 단단히 지키며 조금 더 나은 삶을 살아야겠다고 다짐해본다. 어둠과 빛의 사이에서, 하늘과 바다가 마주하는 지평선 어딘가에 살아 숨 쉬는 지금 이 순간을 감사히 여기며 말이다.

초침 소리에 이내 시간은 흐르고 나는 다시 고향 안동으로 돌아가 불쑥 찾아온 여름을 또 살아내야겠다. "부탁한다, 2021년 나의 여름!"

오늘의 우울감은 〈10〉이다. 밤바다를 바라보며 쏜살같이 지나간 한 달간의 하루들을 복기해 본다.　　◎ ○ ○ ○ ○

첫 번째는 서른여섯 살 즈음에 애정운이 한번 있었단다. 나이까지 정확히 맞히며 그즈음에 결혼한 적이 한번 있었다는 사실을 귀신같이 알아냈다. 두 번째는 지금 타인의 팔자(八字)를 대신해 산다는 것이다. 나는 음식 장사를 할 사주(四柱)가 아니란다. 과거에도 그랬고 앞으로도 '펜'을 들고 살아야 된다는 것이다. 쉽게 말해 공부나 학업을 계속 이어나가서 학문이나 연구 분야에 종사하는 것이 내 팔자라고 한다. 세 번째는 돈 걱정은 할 필요가 없다는 것이다. 큰돈은 아니지만 평생 돈이 붙는 사주라 한다.

이렇게 세 가지가 내가 지금껏 용하다는 곳에서 봤던 점괘의 공통점이다. 재미로 네 군데 정도 찾아갔는데, 위 세 가지는 하나같이 똑같이 말하니 소름이 끼칠 정도다. 그럼 나는 앞으로 점괘대로 살아보는 건 어떨까 싶다. 그들의 말대로라면 나는 36살에 결혼하고 1년도 채 안돼 이혼해야만 하는 팔자라는 것일까? 전에 만난 연인은 결혼을 위한 예행연습 따위에 불과했던 것일까? 그 친구와도 당시엔 한없이 사랑하고 아팠는데 말이다. 헤어질 무렵엔 반복해서 헤어지지 않으면 안 되냐며 바보 같은 질문도 했음은 물론이다. 종교나 미신을 믿어본 적은 없지만, 무언가가 개인의 삶을 태동케 하고 프레임을 씌워놓은 듯한 느낌은 지울 수가 없다. 어쩌면 누군가의 삶은 별다른 노력 없이 탄탄대로가 이어지고, 다른 누군가의 삶은 밤낮 노력해도 제자리를 걷는 경우도 있다. 삶이 팔자 따윈 없이 절대적 논리에 기인한다면 이런 경우는 발생하지 말아야 한다. 노력하는 이에게 더 큰 산물이 주어져야 한다.

예전에 만났던 한 친구와 재미로 '타로점'을 보고 나오며 이런 이야기를 했다. 별로 좋게 나오지 않았다. "너, 나 믿지? 나는 그러니까 운명까지도 거스를 수 있는 사랑을 할 거야!" 그 친구는 멋쩍게 웃으며 대답한다. "치, 나도!" 세월이 흐른 지금 그 친구는 다른 사람의 아내가 되어 아이 둘을 낳고 행복하게 살고 있다. 하늘나라에서 체스를 두듯 어린 신(神)이

장난질하는 것이라면, 그들은 이 광경이 얼마나 재미있을까? 어쩌면 태어날 때부터 그들이 설정한 각자의 알고리즘으로 운명이라는 정해진 길을 따라 사는 것일지도 모른다. 정작 당사자인 우리만 그걸 모르고 무언가 헛된 희망을 평생 안고 사는 것은 아닐까?

결국 대충 사는 것이 참 괜찮을 뻔했다. 대충 공부해서 적당한 대학을 가고 대충 직장을 들어가 영혼 없이 출퇴근을 하다가 집안에서 짝지어준 보통의 사람을 만나 결혼하는 것이다. 돌이켜보면 주위에 보이는 평범한 사람처럼 나도 그렇게 살았어야 했다. 괜히 뭔가가 특출난 줄 알고 나대다가 이렇게까지 이도 저도 아닌 삶이 될 줄은 몰랐다. 훗날 희로애락이 가득한 재미있는 자서전 한 권 정도는 가능한 삶일지는 몰라도, 그 과정을 살아내는 나는 지금 재미가 하나도 없다. 기어코 '펜'을 놓지 말라는데, 그래서 제주에서까지 이렇게 글을 쓰고 있나 피식 웃으며 생각한다.

그리고 하늘나라에 가서 내 한 번뿐인 삶을 이토록 분탕질 해놓은 어린 신의 멱살을 잡고 따져 묻겠다. 적어도 내 30대에는 너희가 그렇게까지 장난질하는 게 아니었다고 말이다.

Epilogue

*

끝이 났다. 무던했던 일상생활을 접어둔 채 갑자기 제주도로 떠나온 한 달의 시간이. 누군가는 지탄을 하기도 하고, 또 다른 누군가는 일상 속 일탈에 시기와 질투를 느끼기도 한다. 그 누군가들의 집단은 기쁨과 광기, 혹은 슬픔과 행복의 소용돌이 속에서 매일을 순환하기도 한다. 선순환이 되기도, 혹은 악순환이 반복되기도 하며.

이번 한 달간 제주살이의 근본 원인은 앞서 서문에서 말했듯 우울증으로 인한 도피성이었다. 세상에 홀로 남겨진 듯 한 초조함과 불혹의 나이에 찾아드는 조급함이 우울의 정도를 배가 시키는 것만 같았다. 저마다 소소할지 몰라도 작은 한 개의 행복은 담보하며 살아가는 사람들이 나와는 대비되어 보이기도 했다.

제주공항에 처음 발을 디뎠을 때 몰려오는 착잡함, 첫날 숙소에 짐을 풀고 비 오는 밤바다를 거닐며 들던 기억의 모순들, 사람들이 잘 찾지 않는 섬 곳곳의 작은 골목길들과 어촌의 마을들을 둘러보며 밀려드는 모진 생각의 파편들을 나는 한 달간 가지런히 잘 정리해 우울을 이겨내는 지렛대로 삼고 싶었다. 그 계획은 완벽하진 않았지만, 차츰 질서가 잡혀가는 기분이 들었다.

제주에서 나의 우울의 근원을 하나하나 찾아 되새김질도 해보았다. 그렇게 되새김질한 나의 기억 하나하나를 잘 보듬고 닦아서 다시 복기해본다. 그렇게 30일 동안 나의 우울을 모른 척 무시하지 않고 천천히 살펴보고 어루만져 달래 보았다. 그것이 제주에서 스스로를 위로한 방법이었다.

제주공항을 떠날 즈음 내 마음에는 서른 개의 반창고가 붙었다. 그렇게 아물 것이다. 한 달이라는 시간을 내어 상처 하나하나를 보듬고 약을 발라주었으니 말이다. 우울감마저 붙

러온 내 과거까지도 사랑하는 사람이 되어야겠다. 그래야 미래에 또 저만치 자란 내가 우울감을 떨칠 수 있지 않을까 생각해 본다.

이 글이 우울증을 가진 이들에게 작은 도움이 되었으면 한다. '기운 내!', '넌 잘할 수 있을 거야!', '파이팅!' 등 주변의 이런 말들은 실로 도움이 되지 않았다. 그것이 우울함이다. 잠이 오지 않고, 식욕이 갑자기 많아지거나 없어지기도 하고, 무기력에 빠진다. 그리고…, 우리는 죽음을 생각한다. 죽음에 대한 생각! 삶이 너무 노곤해 그 줄을 놓아버리고 싶은 생각! 그것으로부터 빠져나오는 길은 어둠 속의 긴 터널과도 같다. 변하지 않는 현실에서 찾아오는 생각을 바꾸는 것은 쉽지 않다. 그래서 시간과 정성이 필요하다. 제주에서 떠나 현실로 돌아온 나는 비록 파이팅 넘치지는 않지만 평안하게 내 삶을 맞이할 마음의 준비가 되었다.

이제 한 달전 제주에 가져온 슬픔 한 스푼을 고스란히 덜어내고 작은 기쁨 한 스푼을 새로이 담아가는 기분이 든다. 그래서 다시 시작해보련다. 기대되는 내 앞으로의 삶을……. 미세한 먼지처럼 아주 작아진 나의 우울감과 함께 말이다.

나와 비슷한 감정의 고역을 겪고 있는 독자들에게도 이 마음이 간절히 전해지길 두 손 모아 소망한다. 비록 모르는 사람일지라도 우리가 간과하고 있었던 그들의 그늘에 한 줄기 빛이 서릴 수 있도록, 해서 그 빛으로 말미암아 작은 희망이 깃들 수 있도록 말이다.

　제주 애월 앞바다에서,
　마음을 담아.

죽기 싫어 떠난 30일간의 제주 이야기

초판 1쇄 발행 2021년 12월 15일

지은이 ㅣ 임기헌
펴낸이 ㅣ 유서엽
펴낸곳 ㅣ 커리어북스
디자인 ㅣ 황아영
일러스트 ㅣ 정원
편집 ㅣ 김정연, 커리어북스 편집부
인쇄 ㅣ 도담프린팅

출판등록 ㅣ 제 2016-000071호
주소 ㅣ 용인시 수지구 수풍로 90
전화 ㅣ 070-8116-8867
팩스 ㅣ 070-4850-8006
블로그 ㅣ blog.naver.com/career_books
페이스북 ㅣ www.facebook.com/career_books
인스타그램 ㅣ www.instagram.com/career_books
이메일 ㅣ career_books@naver.com

값 15,000원
ISBN 979-11-92160-00-9 (03810)